幸・不幸の分かれ道

考え違いとユーモア

土屋賢二

東京書籍

幸・不幸の分かれ道

考え違いとユーモア

目次

装幀……坂川事務所（坂川栄治＋永井亜矢子）
装画……カスヤナガト
組版……ニシ工芸社

幸・不幸の分かれ道

考え違いとユーモア

まえがき

本書はユーモアエッセイではない。哲学書でもない。まして領収書でも始末書でもない。

本書はわたしが考えていることを真面目に書いた本である。わたしが考えていることは多数あるが、どれも書くのがはばかられるほど薄っぺらだ。そう書くと誤解されるかもしれないから付け加えると、薄っぺらなだけでなく、ろくでもないものばかりである。さらに付け加えると、わたし自身、薄っぺらでろくでもない人間だと思われている。

だが、わたしの考えていることの中にも、ひょっとしたら役に立つかもしれないものがある。それは不幸を軽減する方法である。

人一倍不幸な生活を送っているわたしに、不幸から逃れる方法を説く資格があるのかと思う人もいるだろう。ツチヤの意見よりも、幸福な生活を送っている人に秘訣を聞きたいと思うだろう。

だが、幸福な人は不幸を逃れる方法を考える必要はない。自分が幸福かどうかさえ考えないし、幸福になる方法も説明できないだろう。ちょうど、ふつうの人に「どうやって歩いているんですか？　歩く秘訣は何ですか？」と聞くようなもので、答えようがない。

不幸を脱却する方法を真剣に考えるのは、不幸な生活を送っている人だけである。不幸に見舞われると、どうすれば不幸から逃れられるか、どうすれば不幸がやわらぐかをいやでも考える。毎日それを考え続けてきたわたしには、それを発表する資格はある。発表すると、わたしの軽薄さが知られてさらに不幸になるかもしれないが。

わたしが考える不幸を軽減する方法を一口で言うと、当たり前のことを疑うという方法だ。われわれは多くのことを当たり前だと思っている。その中には、不幸の原因になっているものもある。

たとえば、「自然に従え」「価値観の違う若者を批判することはできない」「能力を伸ばすべきだ」「生きる目的をもて」「自分の真の欲求を満たすことが幸福だ」「自分の愚かなところを悟られてはいけない」など、ほとんど無意識的に信じていることは多く、それが不幸を招いていることがある。また、受験や恋愛に失敗したり、自分の欠点を見つけたり、不幸な出来事に見舞われたりすると、人間はほぼ自動的に深刻になってしまうが、それも当たり前だとわれわれは思っている。

だが、これらの「当たり前」になっていることは、わたしの考えでは、当たり前ではなく、疑わしいものである。なぜ疑わしいと考えるかを説明したのが本書である。

本書の提案は二本の柱から成る。二本だと倒れるだろうと思われるかもしれないが、その通り、不安定である。しかし第一に、住むスペースもなくなるほど柱を太くすれば二本でも安定する。第二に、柱は二本でも、一本しかないよりはマシだ。第三に、柱が百本もあると覚えられない。

柱の一つは「緻密な思考」、もう一つは「ユーモア」である。どちらもすぐにマスターできるようなものではなく、たゆまぬ訓練が必要である。わたし自身、二つともまだ道半ばだ。不幸をやわらげるのは簡単なことではないが、一生を通じて努力するに値するとわたしは思っている。

一本目の柱「緻密な思考」によって訴えたいのは、常識の中には疑わしい先入観が含まれているということだ。先に述べた「自然に従え」「能力を伸ばせ」「目的をもて」などの考えをはじめ、疑わしい先入観が多いとわたしは思う。

本書で示した疑わしい先入観は、われわれがもっている先入観の一部分にすぎない。だがたとえ一部分でも、緻密に常識を考え直すきっかけになるのではないかと淡い期待をもっている。もちろん、本書の内容についても緻密に考えて疑ってもらいたい。そしてできれば、本書の考え方が、どんなに疑っても正しいという結論に達してもらいたい。

二本目の柱「ユーモア」は、不幸を乗りこえる上で何よりも有効な方法だと思う。とくに、自分の不幸を笑う能力が重要である。わたしの考えでは、ユーモアのセンスは生まれつきのものというより、訓練によって磨かれるものだ。何より、ふだんから人生や世界を色々な角度から見る習慣を身につけることが必要だ。

十分に訓練すれば、多くの出来事に対して、笑える角度を見つけることもできるようになり、ひいては一面的人生観から脱却して、より多くの自由を獲得することができるようになる。ユーモアのセンスを磨くにつれて、人生観は変わり、新しい世界が見えてくる。

本書を読んで少しでも生き方や考え方を見直すきっかけになってくれることを願っている。だがけっして幸福になることを保証するものではない。本書を読んでも幸福になれなかったじゃないかと思う人は、幸福を保証していないことが納得できるまで、ぜひ何冊でも買い直してみてください。

第1章

人間は考えるのが苦手

哲学は幸福と無関係ではない

ぼくは哲学を専門に研究しています。哲学で取りあげる問題は、「存在とは何か」、「時間とは何か」、「私とは何か」、「いかに生きるべきか」、「人生は無意味か」、「善とは何か」といった問題からはじまって、ぼくがこのあいだ書いた本で取りあげた「夢の中に裸の看護婦さんが出てきたとする。どうして裸なのに看護婦さんだと分かったのか」という問題までさまざまです。そういった問題を考えていますが、哲学の問題なら何でも研究しているとも言えます。哲学的な問題はどれも、多くの問題と絡み合っているので、一つの問題だけを研究するということは実質上不可能なんです。

哲学の目的はあくまでも問題を解決することです。幸福になるために哲学をするわけではないし、心の安らぎや安定を得るために哲学をやるわけでもありません。心の安らぎを得るためなら、哲学よりも催眠術や薬を使った方が手っ取り早いと思います。

哲学がやっているのは、他の学問と同じく、真理の探究です。哲学の問題に対する正しい答えを求めているんです。だから哲学の研究をしても、幸福になる保証も、安心が得られる保証もありません。

哲学は幸福や安心を得ることを目標にしているわけではありませんが、まったく無関係というわけでもありません。なぜかというと、哲学はあらゆる事柄を厳密に考える学問ですが、人間は厳密にものを考えないために不幸になってしまうことが多いからです。

どうしてものの考え方で不幸になるのかと思うかもしれませんが、たとえば、「指は六本なくてはならない」と思い込んでいたら、自分の指が五本しかないことに悩むのではないでしょうか。こういう悩みは、誤った思い込みを捨てれば解消します。

あるいは、「人生の目標をもたなくてはならない」とか「人間の価値は能力で決まる」と思っていれば、これといった目標をもっていない人や能力がない人は不幸だと感じるでしょう。あるいは、「人生は無意味だ」と思っていれば幸福な人生を送ることはできないでしょうし、「いかに生きるべきかという問題には正解がある」と思っているのに正解が分からなければ、自分が幸福だと確信がもてないはずです。もしそういう考えが間違っていたら（ぼくは間違っていると思いますが）、考え違いのために不幸になっていると言うしかありません。

哲学は疑う

同じ境遇でも、ものの考え方が違うだけで幸福だと感じる人と不幸だと感じる人がいます。極端に言えば、ふつうなら考えられないほど不幸な境遇にあるのに幸福そうにしている人がありえます。そういう人は少数ですが、実際に存在しています。ものの考え方で幸福か不幸かが決まることがあるのです。

本当は不幸でも何でもないのに、考え違いをしているために不幸になったりしたら、くやしい気持ちになるのではないでしょうか。そうでなくても不幸のタネは多いのですから。残念なことに常識の中には、人を不幸にするような考えがかなり含まれています。そういう考え方は、冷静に吟味すると間違っていることが分かるのですが、ちょっと油断するとそういう考え方の餌食になってしまうんです。

哲学で、色々な問題を考えるとき一番警戒しなくてはならないのは、無意識のうちにもっている誤った先入観です。だから哲学では、どんなに当たり前に見えることでも、本当にそれが正しいのかどうかを疑います。

その点で宗教とは根本的に違います。宗教は信じることが必要ですが、哲学には疑うことが不可欠です。疑えるものは全部疑う。だから、哲学をやっていると、簡単に信じるということがなくなってきます。ぼくも授業で、学生に疑うように口うるさく指導した結果、学生からだんだん信用されなくなって、ぼくの人間性まで信用されなくなりました。それほど、哲学はどんなことでも疑うんです。

とことん疑う哲学でさえ、間違いを犯すことがあります。ぼくも、実際に授業でしゃべっていて、学生に間違いを指摘されることがあります。どんなに教師のプライドが傷ついても、間違っていたと認めるしかありません。細心の注意を払って考えていても、間違いを認めるしかないことがあるんです。だから自分の考えていることは絶対正しいという確信はなかなかもてません。

人間は考え違いをしやすいからこそ、哲学は常に疑わないといけない。どんなに当たり前に思えることでも、疑わなくてはならない。デカルトは、自分に手や足があることも、身体をもっていることも疑えると主張しました。なぜかと言うと、もしかしたら手足や身体をもっている夢を見ているだけかもしれませんからね。2＋3＝5というのは疑う余地がないと思うかもしれませんが、悪い神様がいて、われわれにそう思い込ませているだけかもしれません。だからそれも疑えるとデカルトは主張したんです。そこまで徹底的に疑うんです。

疑いをさらに徹底させて、「何でも疑える」という主張自体が疑わしいと言う人もいます。

つまり、人間は何でも疑えるという主張を疑うんです。これはウィトゲンシュタインという人が二十世紀に主張しました。

このように、疑うということが哲学者の基本原則になっています。なぜ疑うことが必要かというと、人間はそれだけ間違えやすいからです。絶対に確かなこととしか受け入れまいと心に決めても、間違いを犯すんです。実際に大哲学者でさえ誤りを犯しています。

デカルトは徹底的に疑った人ですが、それでも、基本的な間違いがいくつも見られます。哲学史に残っているような大哲学者は、その時代でも飛び抜けて頭のいい人たちです。デカルトは数学上の功績も残していて、天才的に頭のいい人だったんですが、そういう人でも、基本的なところで間違いを犯すということが、研究してみると分かってくるんです。

哲学の勉強をしていて一番よかったと思うことは、人間はみんな、基本的に愚かだと分かったことです。頭がいいとか悪いとか言っても、ドングリの背比べで、人間って基本的には頭が悪い。ものを考える力が貧弱だと思うんです。多くの人は愚かさを悟られないようにしていますが、実際のところ、人間は正確に考えることが苦手だと思うんです。だから、なおさら一生懸命注意深く考えないといけない。哲学を勉強すると、自分が考えていることも、どこかで間違えているんじゃないかと疑う習慣がついて、自分の考えに自信がもてなくなります。

先入観

「今日は雨が降っている」ということから「今日は晴れていない」を導くのに間違えることはまずありません。ほとんどの人は、そんなことは当たり前だと思っていますよね。そういった程度の推論の積み重ねで結論に到達するのなら、間違える可能性がないと思うかもしれませんが、実際には、それほど慎重に考えても間違えるんです。人間は、正確にものごとを考える能力がそれほど貧弱なんです。

哲学をやっていると、できるだけ先入観をもたないように気をつけるんですが、その目で見ると、ふだんの常識の中には何の根拠もない先入観や誤った論理がかなり使われているように思えます。たんに間違っているだけならいいのですが、それによって苦しんだり悩んだりする場合が多いのが問題です。

でも、多くの人は、自分の考えはだいたい正しいはずだと考えているのではないでしょうか。「私は科学的知識や社会や経済については間違った考えをもっているかもしれないが、人生の基本的なことがらについて大きい間違いを犯しているはずがない」と考えているのではないでしょうか。

　そう考えている証拠に、ほとんどの人は自信にあふれています。人生の基本的事柄について考え違いをしているかもしれないと思ったら、もっと自信なさげな態度や謙虚なところを見せてもよさそうなものです。

　深遠そうに見える哲学者でも考え違いをよくします。哲学者何人かでシンポジウムをしたときのことです。そのシンポジウムでは「幸福とは何か」がテーマで、その中の一人の哲学者がカトリック系の人で、「幸福とは健康とかお金があるということではなくて、神と一対一で向き合えることだ」と言ったんです。

　ぼくはそれに反論しました。

「神と一対一で向き合える状態になりさえすれば、自分の子どもが病気で苦しんでいても幸福なんでしょうか。たとえ家族が無事だとしても、近所の人が悲惨な目に遭っていても幸福なんでしょうか。家族も近所の人が無事でも、遠くアフリカで食べ物がなくてたくさんの人がバタバタ死んでいる状態でも幸福なんですか」

　ぼくは、神と向き合うことが人間の幸福だと考えるのは単純すぎると思ったんです。幸福であるための条件というのは、そんなに簡単なものじゃないと思うんです。だから、「幸福とは神と一対一で向き合えることだ」という主張は、そのままでは受け入れることができません。

人は簡単にダマされる

幸福についてはこのように単純化しすぎることがよくあります。ぼくの知り合いで、結婚生活がうまくいかないという男がいるんです。どうしてうまくいかないのかと聞くと、「かみさんが、ぼくの仕事に協力してくれないし、こっちの言うことを聞いてくれないし、いつも文句を言っている」とグチをこぼしました。この男自身もそういう文句を言っているんですね。ぼくは反論しました。「奥さんが君の言うことを全部聞いてくれさえすれば君は幸福になれるのか？　奥さんが『この人と結婚してよかった』と思ってくれなきゃ、君もイヤだろう？　君は奥さんが自分に何もしてくれないとか、これこれのことを奥さんにしてほしいとしか言ってないだろう。奥さんの気持を考えたことがあるのか？　かりに、奥さんが君の言う通りになれば問題はなくなるのか？　それで幸福になれるのか？　奥さんが君の言う通りのことをイヤイヤやっていてもいいのか？　奥さんが我慢してやっていても、君は幸福になれるのか？　自分と結婚して本当に良かったと奥さんに思ってもらわないと、君だって幸福ではいられないだろう？　もっと相手のことを考えろ」

その場の思いつきで言ったとは思えない素晴らしいアドバイスですよね。そこまでアドバイスできるなら、なぜぼくの家でうまくいかないんでしょうか。不思議です。

人間が不幸になるには、色々な原因があります。病気になったとか、恋人にフラれたとか、試験に落ちたとか、不幸になる原因はいっぱいあります。ぼくは、そういうことをどうしたら防げるかについては、人一倍無知です。でも、少なくとも考え違いによって不幸になることだけは避けたいと思っています。考え違いを直すには、能力もいらないし、つらいダイエットも必要もありません。たんに自分の誤解に気がつけばいいんです。

ところが、ふつうの人は、自分が考え違いをたくさんしているとは思っていません。実際、指が六本なくてはならないとは思っていないし、自分の考えていることはだいたい正しいと思っています。でも、どんなに疑い深い哲学者でも考え違いをしてしまうんです。ふつうの人も簡単にダマされます。ほうっておいても考え間違いをしますし、適当に話を誘導されると簡単にダマされるんです。もちろんぼくも軽率だからよくダマされます。

だれかの本で、「よく科学者が超能力を検証したと言うけれど、科学者ほどダマしやすいものはない」とマジシャンが言っています。塀に穴が空いていて、そこから牛の尻尾が出ていたら、科学者というのは、「どうやってこの小さい穴から向こうへ牛が通り抜けたのか」と疑問を抱くような人たちだと書いてありました。

科学者もダマされるんですよね。ましてや、あまり疑うことを知らないふつうの人は、適当に話を誘導されると簡単にダマされてしまう。メディアにダマされたり、本に書いてあるとか、専門家が言ったということでダマされることもありますし、警戒していてもダマされることがありますよね。オレオレ詐欺も、あれだけ叫ばれているのに、引っかかる人が跡を絶ちません。

インチキな議論

だから世の中には、インチキな議論が横行しています。一つ例を挙げます。「フリーターになるのはなぜ悪いのか」をめぐって議論がなされたとき、その理由として、「もしも全員がフリーターになったら日本の経済が成り立たなくなるから」と言われるのを聞いたことがあります。でも、そういう理由でフリーターになることがいけないというなら、全員が総理大臣になってもこの国は成り立たないんだから、総理大臣になるのもよくないと言わなくてはなりません。

総理大臣は一人と決まっているから全員が総理大臣になることはあり得ませんが、政治家でも教師でも牧師でもアイスクリーム製造業でも運送会社でもプロのピアニストでも画家でもいい、全員がそうなったら社会は成り立ちませんよね。だいたいのものは全員がそうなったら社会は成り立たない。だから、「みんながフリーターになったら産業が成り立たないから」という理由でフリーターになるのが悪いと主張しても説得力がありません。フリーターがいいか悪いかという問題は、そんな簡単な理由で決着をつけることはできません。でもこういう理由で結論を下してしまうようなことが横行しているんです。

こういう誤りをわれわれは色んなところで犯しています。多くの場合は大した実害はないんですが、幸不幸を分けることがあるから問題なんです。

根拠のない先入観「若いうちしかできない」

ぼくはわれながら軽率だと思いますが、軽率なのはぼくだけではありません。ほとんどの人は軽率だと思います。

たとえば、「若いうちしかできないから」とよく言われます。海外で放浪生活をするとか、暴走族に入るとか、茶髪にするとか、特殊なメイクをするなど、自分のしたいことを正当化するために、「若いうちしかできないから」という理由を若者がつけることが多いと思います。そういうことがなぜ若いうちしかできないのか知らないのですが、テレビで特殊なメイクをした若い女が「こういう格好も十八までよね〜」と言っていたので、もしかしたら年齢制限があるのでしょうか。

ここで問題にしたいのは、「若いうちしかできないから」という理由は理由になっているのかということです。若いうちしかできないことはいっぱいあります。勤労青年になるとか、若年性高血圧になるとか、早死にするとか、英語の単語を覚えるとか。

歳を取ると、単語を覚えることが難しくなります。苦労して単語を一つ覚えると、三つほど忘れていたりする。単語を覚えるなら若いうちだと思うんですね。それから、親孝行するとか、きつい肉体労働をするとか、根気のいる仕事とか、若いうちしかできないことは多い。若いうちしかできないもののうち、特定のことを選ぶ理由を挙げないと説得力はありません。

ちょうど、物を持ち運ぶ道具がほしいから、という理由で高価なブランドのハンドバッグを買えと主張するようなものです。物を持ち運ぶなら紙袋でもレジ袋でもいいのですから、なぜブランドのハンドバッグでなくてはならないのかを説明する必要があります。

昔、ラジオやアンプを組み立てるのが趣味だったんですが、ものすごく根気がいる作業です。しかも、やっと完成したと思ったら雑音以外ちゃんと鳴らない。その上、部品を買いそろえるより完成品を買った方が安くつく。それでも若いころは何度でもチャレンジする根気があります。こういう根気や愚かさをもっているのは若いうちだけです。

コンピュータに興味をもったこともありますが、これはさらに根気が必要でした。コンピュータの仕組みを知るために、オームの法則から始めて、キルヒホッフの法則、半導体の仕組み、トランジスタの動作、ＩＣやＬＳＩの動作まで調べて、最終的には、その当時出ていた簡単なコンピュータを解析して、どういう基本ソフトで動いているのか、どうしてこういう動作をするのかといったことを分析しました。

コンピュータの言語は色々あるんですけど、機械語から出発して、アセンブラやC言語でプログラムを書くところまで勉強しました。それを使って、デタラメ俳句を作るプログラムを作ったり、プリンタを高速で動かすプログラムを作ったりしていました。大学の哲学科で名簿を作ることがあったんですが、ふつうのプログラムだとプリントアウトが遅いので、大量高速にプリントアウトするためにプリンタを直接制御するプログラムを作りました。特定のプリンタでしか使えないんですけど、ものすごく速く印刷できるんですよ。でも、そういうプログラムを作るには、非常に長い時間がかかるんです。プリンタがゆっくりプリントアウトするのを待っていた方が、結果的には圧倒的に少ない時間ですんだんです。でもそのときは若かったのでそれに気がつきませんでした。

ぼくだけかもしれませんが、プログラムを作ると最初はまず思ったようには動きません。どこが間違っているかを点検して、そこを直してもまだ思った通りに動かない。コンピュータが悪いんじゃなくて、ソフトを作るぼくの方にミスがあるんですけどね。何度も何度も作り直していかなきゃいけない。ちょっと複雑なソフトを作ろうとしたら、気が遠くなるほどの根気が必要です。そういうことは、歳を取ってからやれと言われても、とてもじゃないけどできません。だから、これも若いうちしかできないことだと思うんです。

「若いうちしかできないことだから」という理由でやらなきゃいけないんだったら、そういう根気のいる仕事やきつい肉体労働もやらなきゃいけないはずです。海外旅行が悪いと言ってるんじゃありませんよ。暴走族になるのがいいのかどうかも、別途検討しなくてはならない。若いからということですべてが容認されるわけではありません。

そもそも、若いうちしかできないことだからといって、それをしなくてはならないことにはなりません。若いうちしかできないことの中にも、すべきことと、すべきでないことがあるんです。「若いうちしかできない」からというだけでは何をすべきかは決まらないのに、なぜそういう理屈がまかり通っているのか不思議です。

もっとも、老人も、「歳をとっているから、そんなことはできない」とか「老人だから、いたわってくれ」と主張しますから(ぼくもその一人です)、お互いさまですけどね。

安楽

根拠のない先入観の例を一つ挙げます。

色々な人に「どんな生活を望みますか」と聞くと、「働く必要がない生活」とか、安楽な生活を希望する人が多いんじゃないかと思います。老人福祉も、老人に安楽な生活をさせてあげれば幸福になるだろうと考えられることが多いと思います。でも、本当にそうなんでしょうか。

最近はたばこ屋というのがなくなって、だいたい自動販売機やコンビニになっています。昔、たばこ屋は間口が半間くらいの店で、だいたいお婆さんがいたものです。お婆さんといっても、歳はぼくと同じぐらいだったかもしれません。駄菓子屋もたいていお婆さんがやっていました。

でも最近は、働くお婆さんの姿が見えません。あるとき老人ホームに行ってみたら、お婆さんたちが何もしなくてもいい状態で暮らしていました。食事から、入浴から、洗濯から全部ホームの人がやってくれて、何もすることがないんです。その結果、無気力になっている人が多いように思えました。こういう何もしなくていい状態に置くのが本当に老人のためになっているんでしょうか。

イギリスに行ったときに、昔の貴族の邸宅に見学に行ったことがあります。たくさん部屋があるんですけど、各部屋には老人が隅の椅子にじっと黙って座っているんです。各部屋といっても、部屋によって大きく違うわけじゃなくて、飾ってある絵が違う程度ですが、部屋の用途が違うんですね。

そこにいる老人に何か質問すると、すごく嬉しそうに説明してくれるんですよ。でも、質問しない限り、椅子に座ってじっと辛抱強く待っている。とくに人気のある邸宅というわけじゃないので、一日に何回質問されるのか分からない。一回も質問されない日もあるかもしれない。それでも質問されるのをじっと待って、時間になると帰って行くんです。その人たちは、ボランティアでやっているらしいんですよ。そうやって説明係をすることが、その人たちの喜びになっているんです。

もし日本だったら、きっと、ボタンを押すとテープの音声で説明が流れるように自動化すると思うんです。だけど、本当にそれがいいことなのか疑問に思えます。機械化するということは、人間の仕事を奪うということです。人間の入り込む余地のない状態にすることが、本当に人間にとって幸せなんでしょうか。

仕事がなくなれば幸せ？

動物園に入れられた動物は、毎日何の苦労もなく暮らせます。テレビで見ると分かりますが、野生動物は食べていくのが大変で、そのために毎日命を懸けているわけですよね。動物園にいると、そういうことがまったくなくて、食べ物が十分に与えられて安楽な生活が送れます。それでも、そこにいる動物が幸せなのかどうか判断は難しい。ゴリラを檻の中に入れるとノイローゼになった例を聞いたことがありますからね。

だから、まったくストレスのない状態で、何もすることのない状態というのが、本当に望ましいのかどうかは疑問だと思うんです。一週間に一日くらいはそういう日があった方がいいかもしれませんが、毎日毎日何もすることがない状態を人間が喜ぶかどうかは疑問です。

子どもを見ていると、色々なことをしたがりますよね。ぼくが小さいころは、電車の運転手になりたいとか、大工さんになりたいとか、改札で切符を切る人になりたいとか、今の大人になったぼくには賃金をもらわないとやる気がしないことをやりたがっていました。女の子は、ままごとで料理を作ったりするわけです。大人になると家事を嫌がるような女でも、子どものころはそれが楽しいんです。子どもの心は今どこに行ったんでしょうか。

だれかが言っていましたが、「仕事をしたがる年齢の者に、その仕事を任せるには若すぎる」ということばがあるんですけどね。子どもなら、切符切りとか、ただで働かせることができそうですけど、実際にはそれを任せるほど信頼できないので、残念ながら任せることはできません。でも、子どもは働きたがります。働くことは苦痛だという観念を子どもはもっていないんです。ぼくらは働くのは苦痛だと思っていて、仕事がなくなれば幸福になれそうな気がします。だから、老人福祉も、仕事を奪う方向に進んでいるように思えます。でも簡単な仕事でもした方が、その人にとっては喜びになることはあるかもしれないと思うんです。

昔、父に聞いたんですけど、ある村に親孝行で評判の息子がいたらしいんです。どんなことをしているのか見に行くと、その息子は、野良仕事から帰ってきて、玄関で「帰ったよー」と言うと、お母さんが玄関まで来て、子どもの足を洗ってあげて、ご飯から何から息子の世話を焼いている。息子は家事の手伝いも何もしないで食べているだけなんです。なぜそれが親孝行で評判だと言われるんでしょうか。

それは、子どものために色々なことをしてやれるのが親には喜びだからです。親からそういう仕事を奪って、何もしなくていいと言った方が、親孝行に思えるんですけど、実際には親のためにはなっていないと言うんです。そういう話を父から聞きました。こういう話を考えると、人間から仕事を取りあげることがその人の幸福になる、ラクにしていればいるほど幸福だという考え方は疑わしく思えてきます。

娯楽に価値がある

逆に、働くことに価値があるという思い込みもあります。働かない人間は一人前じゃないと言われることがあります。とくに若者の場合はそうです。自立して食べて行くためには労働をしなくてはいけないからです。でもそれを超えて、労働そのものに価値があると考えるのは正しいいんでしょうか。労働そのものに価値があるという考え方が出てきたのはルターのころからで、キリスト教的な道徳らしいんです。

それ以前、たとえば古代ギリシアでは、人間は食っていかなきゃいけないから働かざるを得ない、という程度の認識しかありませんでした。労働はやむを得ずやる仕事だと考えられていました。人間は食べていくためにやむを得ず働かなきゃいけないけれど、それは動物でも同じです。人間が他の動物よりも優れている点は労働ではない自由な時間をもてることだと考えて、その暇な時間のことを「スコレー」と呼んでいました。「スクール」や「スカラー」の語源になっていることからも分かりますけど、働いていない暇な時間にやるべき典型的なことは学問だと考えられていたんです。

アリストテレスは、生活に必要なものを発明するよりも、娯楽上の発明、たとえばゲームを作ったりする方が価値があると言っています。何の役にも立たない方が価値があると言うんです。「役に立つ」と言われているものは、人間の生存に不可欠なものや、生存の役に立つものです。それよりも、労働の対極にある、何の役にも立たないものの方が価値があると考えていたんです。

古代ギリシアの考え方にも見られるように、労働そのものに価値があるという考え方も絶対的なものではありません。人間は労働が続くと休息を求め、休息が続けば労働を求めるものです。労働そのものに価値を置きすぎるのも、安楽さに価値を置きすぎるのも、問題があります。

それなのに、われわれは安楽さがいいとか労働がいいと簡単に決めつけています。ちょうど、自分の病気に本当に効くかどうか吟味もせずに、この薬がいいと決めつけて飲み続けるようなものです。

こういう基本的なことは影響も大きいので、慎重に考える必要があります。プラトンは、何が本当に自分のためになるのかを知らないと人間は幸福になれないと考えて、それを研究するための国家体制を構想したほどです。

実際、どうなったら幸福になれるかが分からなければ、目的地を知らないまま走り続けるようなものです。プラトンまで徹底しなくても、幸福になるためには自明と思われていることを疑ってみる必要があることは分かっていただけると思います。

考え方が幸不幸の分かれ目になる

われわれは判断力も思考力も貧弱なのですから、なおさら、よけいな先入観をもたないように気をつけなくてはなりません。

ミステリを読むと分かりますが、ダマされないように注意深く読んで、こいつが犯人だなと思っても、だいたいその推理は間違っています。ぼくなんか当たったためしがない。ただ裏切られる快感のために読んでいると言ってもいいんですけどね。慎重に考えながら読んでも、作者の術中にはまっているんです。ちょっとしたことで誤りを犯してしまう。

人間は簡単に間違えるし、簡単にダマされます。詐欺にも簡単に引っかかるし、ミステリにもダマされるし、マジックを見ても簡単にダマされますよね。それを楽しんでもいるんです。ミステリやマジックを楽しめるのは、自分が正しいことを見抜く力がないからです。何でも見通せる神だったらそんなものは楽しめないでしょうからね。こういうことからも、いかに自分が思い違いをしやすいかということが分かると思います。どんな人でも、本人が思っているほど正しい考えをもっているわけではないし、ものの考え方が確かなわけではないんです。

マジックやミステリのように人間の間違いやすさが楽しみにつながる場合だけではありません。それが原因で不幸になったりすることがあるのが問題です。ダマされた結果お金を巻き上げられることもあるし、お金の損失はまだいいとしても、間違った考え方のせいで不幸になったり、不幸な状況が耐え難いほど不幸に思えることもあります。たとえば、「幸福とは神と向かい合えることだ」と思い込んでいたら、ふつうの人なら、ぼくと同じように、自分は色々と悪いことをしているから神と一対一で向き合えないと思って、幸福な気分にはなれないでしょう（もしかしたらぼくだけでしょうか？）。ちょっとしたものの考え方が、幸不幸の分かれ目になることがある。だから、できるだけ正確に考えて、自分の考えを絶えず吟味する必要があります。

ただ、ぼくがこう言っても、多くの人は、自分は間違っていない、少なくとも自分の考えはだいたい正しいと思っているかもしれません。いくつか例をあげて説明します。

第2章

どうやって主張するか

❶発言者の権威

よく威張ったり、肩書きをいっぱいつけたり、地位を誇示したりして自分に権威をもたそうとする人がいます。これは権威というものが効果があるからです。同じことを言っても、権威のありそうな人のことばなら信用するし、何の権威もなさそうな人のことばなら疑う、こういう傾向がわれわれにはあります。

議論などで人を説得するときもそうです。何かを主張するとき、断定するだけでは受け入れてもらえません。そこで、よくなされるのは権威を引き合いに出すやり方です。とくに多いのは、だれか権威のある人がこう言った、という仕方で自分の主張を補強する議論です。

よく有名人が講演で、「こういう生き方をしろ」といった心構えを説くことがあります。有名人のような権威のある人の話だからみんな聞く気になるんです。何の権威もない人の話には耳を傾けないでしょう。権威があると思われている有名な講演者は、ノーベル賞受賞者、宇宙飛行士、成功した経営者、一流のスポーツ選手、一流の元スポーツ選手の奥さんなどです。すばらしい人の言うことだから正しいだろうと思いがちですが、その人たちがどんなにすばらしい人であっても、発言内容が正しいとはかぎらない。発言者がどんな人であるかということと、発言内容が正しいかどうかは関係がないんです。

逆に、「信頼のできない人の言うことだから疑わしい」と考えられることもあります。ちょっと前にニュースで報じられましたが、不正を指摘されたある政党の党首が、「あなたの党だって不正をやってるじゃないか」と反論したんです。でもこれでは反論にもなっていないし、自分を正当化できていません。他に不正をやっている人がいるからといって、自分のやったことが不正でなくなるわけではないし、自分の不正が許されるわけではありません。

こういった論法は、発言者の人柄や、日頃の行ないを理由にして、その人の発言が正しいとか間違っていると主張しています。主張自体を吟味するんじゃなくて、主張をした人の印象によって、発言内容を判断する誤った論法です。

たとえば、泥棒が「泥棒をしてはいけない」と主張したとします。そうすると、「そう言うお前は泥棒じゃないか。泥棒がそんなことを言う資格はない」と言って否定するんじゃないでしょうか。でも、泥棒が言おうと聖人が言おうと、「泥棒をしてはいけない」ということが正しいかどうかには関係がありません。

ぼく自身、妻から「そんなにたくさん本を買うのは無駄だ」と言われたとき、「そういうお前だってぼくの十倍は無駄な買い物をしているじゃないか」と反論しますが、実際には反論になっていません。無駄かどうかは、他の人が無駄遣いをしているかどうかに関係なく決まるはずですからね。

アメリカでは、罪を犯した青少年を集めて、服役中の重罪犯が「罪を犯してはいけない」と説教するプログラムがあるらしいんですよ。「お前らのやっていることを続けていたら、おれみたいになるぞ」って言うらしいんです。「人を殺しちゃいけない」と殺人犯が言うんですけど、殺人犯が言った方がかえって説得力があるんじゃないかと思えます。

でも論理的に言うと、発言の内容が正しいかどうかは、発言者がどういう人であるかということとは関係がありません。困った人を助けようとしない人が、「困った人を助けなければいけない」と言うのは納得できないと考えるかもしれませんが、「困った人を助けなければいけない」ということは、どんな人が言おうと、正しいか間違っているかが決まっています。発言する人がどんな人であっても、発言の真偽は変わらないんです。

ただ、そう発言する人の人格は疑われる可能性があります。「そんなことを言うなら、なぜお前はやらないのか」と非難されるかもしれないし、「あいつは口先だけだ」という烙印を押されるでしょうけど、それでも、その人の発言内容が正しいかどうかには発言者の人格は関係ないんです。

発言者と発言内容

そんなことは言われなくても分かっていると思うでしょうが、実際には発言者によって発言内容が正しいかどうかを決めることが多いんです。世の中から信用されていない人だと、「こういう人間の言うことは間違っているに決まっている」と考えられがちです。無能とみなされている政治家や、東日本大震災で起きた福島第一原発の事故で政府や東京電力が信用できないとなると、何を言っても「東電が言っている」「政府の発表だ」というだけの理由で間違っていると考えてしまいます。でもそういう発言のすべてが間違っているとはかぎりません。官僚が諸悪の根源だと思われれば、官僚の意見はすべて誤りだと考えてしまう。

いったん信用を失うと、何を言っても信用されなくなってしまうという経験を、ぼく自身どれだけしてきたか。どんなに正しいことを言っても、ぼくが言ったというだけで信用されない。どこの家でもそうでしょうが、いったん妻に疑われたら、何を言っても信用されませんよね。この男の言うことは全部ウソに決まっていると思われてしまう。この前も、妻に「どら焼きどうした?」と言われて、「知らないよ。どら焼きがないのなら、泥棒が入ってどら焼きを盗んで行ったんじゃないかな」と答えたんですけど、信用されませんでした。

他にも、ナチスは評判が悪いので、「ナチスは禁煙を勧めた。だから、禁煙するのは悪い」といったような主張があり得ます。でも、ナチスが言おうとだれが言おうと、禁煙の是非には関係ないはずです。

例外は、自然科学の専門家の場合です。その場合は、専門家であるという理由で発言内容を正しいと判断するのは根拠があります。地球が丸いとかこの薬が効くとかは、専門家が主張しているんだからという理由で信用するのは、専門家のあいだで既に十分吟味していることだと考えているからです。

そういう例外を除くと、発言者によって発言が正しいかどうかを決めるのは論理的には間違っています。それなのにどうしてもそういう考え方をしてしまう。

媒体や肩書きの権威

発言者だけでなく、媒体もそうです。活字になっていれば信用できるとか、新聞に書いてあれば正しいとか、どのニュース番組でも同じように報道しているから正しいとか、そう断定することもできません。主張が正しいかどうかは、そんなことには関係ないんですが、われわれは本に書いてあれば正しいと思い、それも有名出版社から出ていれば信用できそうだと考えてしまう。同じ本でも、無職の人が書いているよりも、どこかの大学教授が書いている方が信用できるんじゃないか、同じ教授でも、ハーバード大学の教授が書いているなら正しいんじゃないかと考えがちです。人間の心理として、媒体や肩書きを分離するのは非常に難しい。

聖書に書いてあるから正しいという判断も同じです。聖書に反した主張をしたということで、ガリレオは死刑にされそうになったわけですからね。現在でもそうですが、イスラム教とキリスト教やユダヤ教との対立によって多くの人命が失われてきました。その対立の根底には、一つには、ムハンマドがこう言った、キリストがこう言った、現在の宗教指導者がこう言ったという理由づけがあると思います。かなり多くの戦争の根底には、宗教の指導者の教えは無条件に正しいとする判断があるから、影響は甚大です。

われわれが、発言者や媒体によって無条件に発言内容を正しいと思い込むことは、多くの人命にかかわるほどの影響力をもっているんです。個人レベルでも、「この人が言うから正しい」とか、「あの人が言うから間違っている」と断定して、それを基にして他人を責めたり、自分の生き方を変えたりすることもあるから、注意が必要です。

包装によって中身の価値を決めたり、店構えで商品を評価するのも、たぶん同じ根を持っているんでしょうね。これはわれわれが陥りやすいものの考え方なんだと思います。たぶん、主張だけを取り出すには抽象的な能力が必要なんでしょうね。人間は、主張の内容を主張者と切り離すという操作に慣れてなくて、どうしても個人単位でものを考える傾向があります。ぼくの想像では、主張の中身が何かということよりも、この人はどんな人なのかということにわれわれはいつも関心を向けているのではないかと思います。

だからこそこういう傾向を自覚する必要があります。場合によっては危険な結果をもたらしますから。

❷ 自然が権威

権威を引き合いに出す議論のうち、発言者の権威の代わりに「自然」を権威としてもち出すことがあります。昔、ある大臣が「女は出産して育児をするのが自然にかなっている。それをやらないのは自然に反している」と言ったことがありました。これは、自然本来の形がどうであるかとか、自然界がどうなっているかという事実から、人間はこうでなければいけないと結論づける考え方です。

でも、自然がどうなっているかということと、人間がどうしなければならないかということは、直接は関係ありません。ぼくたちは自然であれば何でもよいと考える傾向がありますが、ある意味では自然ほど恐ろしいものはありません。

だれでも分かることですが、地震や津波や異常気象や洪水や疫病で、ものすごくたくさんの犠牲者が出ます。それも自然の現象です。だから自然は恐ろしい。病原菌もガンも自然のものです。自然がいいとか、自然を守らなくてはならないというなら、病気も予防してはいけないし、病原菌も殺してはいけないということになります。

実際にぼくらの生活を見てみると、自然に反することばかりやっています。本当に自然がいいのなら、冷暖房も使わず、自然のまま凍えるような、あるいは熱中症になるような生活をしなければいけない。だいたい、服や靴を身につけること自体、自然に反しています。服を着て生まれてくるわけじゃないんですから。道路も舗装しているし、家をつくって風雨を防ぎ、堤防を作って洪水を防ぎ、マスクをしてウイルスを防いでいる。現実には、自然に反したことをぼくたちはいっぱいやっているんです。こういう現実があるのに、自然に従っていればいいとどうして言えるんでしょうか。

自然によって善悪が決まるか?

でも実際には、「自然はこれこれだから」という理由で色々な主張がなされます。たとえば、同性愛は「自然に反するからよくない」と言われることがありますけど、かりに、ある種のクモの一部が同性愛だったとした場合、同性愛は自然界にも見られるので許容されるべきだと言わなくてはならなくなります。でも、われわれはものごとの善悪を自然界にあるかどうかで判断しているわけではありません。

また、「整形するのは自然に反しているからよくない」とも言われますよね。そんなに自然に反するのがよくないことなんでしょうか。ではメガネや入れ歯や差し歯や人工臓器も自然に反するからよくないことなんでしょうか。

最近よく、子どもを虐待したり、殺すニュースを耳にしますが、その中で女の連れ子を男が殺すケースというのがあります。そういう行為は、ライオンにも見られます。テレビで得た情報によると、オスのライオンは別のオスのいた群れのリーダーになると、その他のオスの子どもを殺すらしい。殺さないとメスが発情せず妊娠できないから、自分の子孫を残すために他のオスの子どもを殺すというんです。そういう子殺しは、できるだけ自分の遺伝子を残そうという自然にかなった行為だと言うこともできるでしょうが、だからといって連れ子を虐待したり殺したりすることが許されるわけがありません。いくら自然にかなっていても、動物界にもよく見られる合理的な行為であっても、あるいは自分の遺伝子を残すのは自然の掟だからといっても、許される行為にはなりません。ぼくらは、ある行為が許せるかどうかを、自然に反しているかどうかという基準で判定しているわけではないんです。行為が許容されるかどうかは別の基準で決めているんです。

動物を愛護する理由

また、「自然を守れ」と主張される場合でも、自然を大切にしようという気持ちよりも、人間の都合が基になっていることが多いような気がします。たとえば自然保護の一種に動物愛護があって、シーシェパードのように極端な動物愛護運動があります。

動物愛護も、どこからどこまでの動物を愛護するのかということが問題になります。すべての動物を保護すべきだということになると、病原菌まで保護しないといけないのか、害虫や寄生虫はどうなのかといった問題に直面してしまう。「クジラは高い知能をもっているから、クジラを殺すのはよくない」と主張する人たちもいますが、それなら、鳥インフルエンザ・ウイルスが高い知能をもっていたらどうするんでしょうか。ウイルスは動物ではないんでしょうけど、有害な動物が知能をもっていたら、それでも保護するんでしょうか。逆に、知能をもっていない動物は愛護しなくていいんでしょうか。こういう問題が出てきます。どの動物を保護すべきかを決める決定的な論拠はないと思うんです。

よく「私は動物が好きです」と言いますが、サソリとかマムシとかダニとか、そんなものが好きな人はあまりいません。でも、これらも動物ですからね。実際には、動物学者など、あらゆる動物が好きだという人がいますし、細菌類や寄生虫が好きだという人もいます。

でも、一般の動物好きはものすごく限られた範囲の、せいぜい猫や犬などの、ほ乳類が好きなだけです。気の毒にゴキブリはたいてい嫌われます。人間がかわいいと思えば保護するし、そうでなきゃ殺してもいいと考える。実際、ゴキブリや蚊などを殺す殺虫剤が堂々と売られているんですからね。動物愛護の運動家はそれに抗議しないんでしょうか。

ゴキブリにかぎらず、気持ちが悪いものはいっぱいあると思うんです。地球上にいるものでも、見ただけで気持ちが悪いとか怖いというものがあると思いますけど、かりに宇宙から特殊な知的生物がやってきて、それが人間以上に知能が高くて、しかも見るからに恐ろしくて、人間が好きになる範囲を超えて気味が悪かったらどうするんでしょうか。そういうことは十分ありえますよね。たぶん愛護する気にはなれないと思います。逆にそういう生命体に人類が愛護されるかもしれませんが。そんな気味の悪いものに愛護されるのはイヤでしょうね。

結局のところ、動物愛護の活動家は、動物を愛護するのはかわいいと思うからだ、ということぐらいしか最終的な理由はないと思うんです。つまり、かわいいと思うかどうかという人間の勝手な感情によって保護すべきかどうかを決めているんだと思います。

「自然」を論拠にした議論

　自分の主張を補強するために、「自然に反している」とか「自然に合っている」と自然を引き合いに出しても、実際にはほとんどの場合、主張が補強されたことにはなっていません。にもかかわらず、実際には「これこれが自然だ」という主張がなされて、それによって苦しんでいる人が多数います。大臣までが「女は子どもを産む機械だ」と言ったりすると、結婚しないで子どもも産まない女の人が肩身の狭い思いをすることになります。生き方として、子どもを産みたくない、結婚もしたくないと思う人もいますし、子どもがほしくても子どもができない人もいます。そういう人につらい思いをさせているんです。

「女は家で家事をやらなければいけない。女の肉体の構造がそうなっている」と言われることもありますが、そんなことも、女がどう生きるべきかとは関係ない話だと思うんです。何をすべきかということは、自然がどうなっているのかとは関係がない。そういう理屈は、背の高い人はみんなバレーボールの選手にならなくてはならないとか、身体が柔らかければサーカスに入らなくてはならないという理屈と同じです。身体の構造が何に向いているかということから、何をすべきかということは出てこないんです。

「自然本来」とは何か？

それとよく似ていますが、「女のくせに」と言ったりしますよね。その反対に「女の鑑《かがみ》だ」というのも同じです。その根底には、女というのは自然本来こういうものだという考え方があると思うんですよ。たとえば女は穏やかでやさしいものだと信じられています。そんな女なんて、ぼくの知った範囲には一人もいません。ぼくの運が悪いのかもしれませんけどね。でも、女はそういうものと見なされています。その他にも、女は夫や子どもの世話を焼くとか、自己主張しないとか、おとなしいとか、だれのことなんだと思う神話のような話もあります。

女の自然本来の役割がその通りかどうかは疑う余地がありますけど、かりにそれが自然界における女のもともとの役割だったとしたら、女はその通りに生きなくてはならないのでしょうか。

ぼくのまわりの女なら、「そんなことまで自然に指図されるいわれはない」と抗議するでしょう。実際、なぜ何万年か前はそうだったからといって、その通りにしなくてはならないのでしょうか。そのころは親子丼を食べる人はだれもいなかったはずですが、それならいまも親子丼を食べてはいけないんでしょうか。車に乗ってはいけないんでしょうか。

「自然本来」によって生き方を決められるいわれはありません。夫婦共働きで、同じように働いているのに、女が家事をやっている家庭もかなりありますが、これも、家を守るのは女の役目だ、家事や育児は女の自然本来の役割だと考えられているからではないかと思えます。それが女の役割だとだれが決めたんでしょうか。自然本来の役割だというなら、なぜそれに従わなくてはならないんでしょうか。なぜかぼくは自分の首をしめるようなことばかり言ってますがね、いかに軽率か分かっていただけると思います。

ぼくの両親はまったく違っていました。父は商売をやっていて、母は箏《こと》を教えていましたが、家事や育児はすべて父が担当していました。むかしの家事なので、ご飯を炊くにも、かまどに薪をくべなくてはならないなど大変だったんですが、朝から晩まで休むことなく働いていました。母は、魚でも肉でも一番に好きなものを取り、ごはんも他の家族は冷やご飯でも一人だけ温かいご飯を食べていました。それでも家庭は成り立つんです。ぼくたち家族もそれに何の疑問も抱きませんでした。女は家事をすべきだと思う者は家の中には一人もいませんでした。

家事はだれがやってもかまいません。「家事は女の自然本来の仕事だから」などという理由で女は家事をすべきだと主張するのは論理的に間違っています。そう主張する人に聞きたいんですが、すべてのオスがメスの奴隷になっている宇宙人が発見されたらどうするんでしょうか。そういう例が宇宙の生物の中で圧倒的に多かったら、男は女の奴隷にならなくてはならないんでしょうか。何がオスの自然本来の役割だということになるんでしょうか。

かりに全宇宙のすべての生物でメスが家事をしているとしても、人間がその通りにしなくてはならないという結論は出てきません。

たぶん、すべての生物は自然本来、子孫を残そうとしていると思いますが、だからといってすべての人間は子孫を残さなくてはならないんでしょうか。他の動物の通りにしなくてはならないのなら、人間の自由はどうなるんでしょうか。人間はだれでも自由に自分の行動を決めることができます。人間は「自然本来」、そうなっています。一人一人の人間に自由が与えられているという事実を考えたら、「人間の自然本来の行動」は一体どういうことになるんでしょうか。他の動物の通りに行動することでしょうか、それとも個々人が自由に行動を選ぶことでしょうか。「人間の自然本来の姿」を理由にして何か主張する人は、その点から説明しなくてはならないと思います。

❸「人間だけができることだから」

「誰かが言ったから」とか「自然だから」ということから、善い悪いを結論づけることはできないと言いましたが、それに似た議論の仕方があります。

テレビで歴史学者の人が、過去の遺跡は大事に保存すべきだと主張していました。なぜかというと、「過去を懐かしむ感情というのは人間だけがもっている感情だからだ」と言うんです。だから大事にしなければいけないと主張していました。

この主張の仕方は、人間は他の動物に見習わなくてはならないという主張とは逆の主張です。人間だけがこれこれの特徴をもっているのだから、それを尊重すべきだという理屈です。

でも、人間だけが過去を懐かしむ感情をもっているからといって、過去を懐かしがらなくてはならないとか過去の遺跡を保存すべきだという結論は出てきません。人間だけがやることとは色々あって、麻雀だって、競馬だってパチンコだって、卓球だって、戦争だって、環境破壊だって人間だけがやるものです。歴史学者の主張に従うと、麻雀や戦争を常にやっていなきゃいけないことになってしまいます。過去の遺跡は保存すべきだという主張そのものは正しいのかもしれませんが、「人間だけが懐かしがるから」を理由にするのは誤りだと思います。

人間だけがもっている性質だからそれを伸ばすべきだという考えは、昔からありました。たとえばアリストテレスは自然界の中で人間を位置づけ、理性をもっているのは人間だけだと考えました。そしてその理性を発揮するのが人間の務めだし、それが人間の最高の幸福だと主張しました。「理性を発揮する」というのは、たとえば学問的探究のことです。この主張が正しいとしても、「理性は人間だけがもっている能力だから」ということを理由にするのは間違っているとぼくは思います。

一般的に言うと、人間だけがやっているからいいとか、人間だけがやっているから悪いとは言えません。人間がやっていることの中には、いいことも悪いこともあるだろうと思うんですね。もしかしたら全部悪いことかもしれませんけどね。

逆に、動物がやっているからいいという議論もあって、動物がやっていることを見習わなきゃいけないと主張されることがあります。実際、動物の方が人間よりも賢明だと思うことは多いので、もっともな気もしますが、それも論理的には誤りです。動物を見習わなきゃいけないという議論は、自然に戻らなければいけないという議論に共通しています。自然によって善悪が決まるという考えは誤りだと言った通りです。

一般的に言うと、人間にしても動物にしても、一種のグループです。あるグループのものがこうしているという事実から、それがいいことだとか悪いことだという結論を導くことはできません。すでに言いましたが、ある個人がやっているから、あるいは主張していることだからいいとか悪いとか断定することはできません。グループでも同じです。人間の特定のグループがこう主張している、こうやっている、だからいいとか悪いといった結論を導くのは間違っています。たとえば、ナチスがこれこれのことをしたという理由だけでよくないと議論するのは間違っています。ナチスがやっているからといって、いいとか悪いとか決めつけるわけにはいかないんですね。誰がやっているか、あるいは、どんなグループがやっているかということとは関係なく、善し悪しは決まるんです。

だから当然、特定の宗教が主張しているからいいとか悪いとか、特定の団体がやっていることだからいいとか悪いとか、どこの国でやっているからいいとか悪いとか、そういう結論を導くことはできません。

もっと一般的に言うと、これこれのグループなり個人なりがこういう行為をしているとか、こう言っているというのは、一種の事実です。たとえば、人間というグループだけがこうしているという事実があるということから、「これこれのことをすべきである」という結論を導くのは間違った論法です。つまり、何らかの事実から「～すべきだ」「～しなくてはならない」という結論を導くことはできないんです。「これこれの事実が成り立っている」ということから、「これこれのことをすべきだ」「これこれしなくてはならない」という結論は出てきません。

❹似たもの同士と似てないもの同士

似たもの同士の類推

ある場合に成り立つから、それに似た別の場合にも成り立つという議論の仕方があります。これは議論にかぎらず、われわれの生活の基本にある考え方です。たとえば、「あつものに懲《こ》りてなますを吹く」という諺がありますよね。熱いものを食べて痛い目に遭うと、どんなものでも熱いんじゃないかと考えてしまう。

また、太陽が毎朝東から昇ったから、明日も東から昇るはずだと推理する。でも実は、こういう推理に根拠はありません。今までずっと起こっていたことが次から起こらなくなることはよくありますからね。サイコロを百回振ってずっと偶数の目が出たから次も偶数が出ると考えることはできません。太陽だって、いつの日にかは昇らない日が出てくるはずです。太陽だって地球だって寿命がありますから。

このように、根拠がないのに、ある場合に成り立つから、似たような場合にも同じようなことが起こるという考え方が、生活の基本にあります。そういう不確かな基礎の上にわれわれの生活は成り立っているんです。そう考えると、不確かな基礎の上で暮らしているのは自分一人ではないと思えますよね。そう思ってもホッとはしませんが。

人間は成長する段階で、最初は何でも一緒くたにする傾向があります。自分の子どもが少しことばをしゃべるようになって、自分に向かって「パパ」と言われるとすごくうれしいらしいんですけど、しばらく観察していると、ポットに向かっても「パパ」と言っていたりする。子どもがもう少し学習すると、男をみんな「パパ」と呼ぶようになって、さらに学習すると、「パパ」と呼べるのは特定の人だけだと考えるようになります。だんだん適用範囲を狭めていくというのが、成長過程で見られるんじゃないかと思います。

よく、人間の学習は、いろんな個別例を見て、そこから一般概念やことばを習得する過程をたどると言われますが、子どもは、まず何でも一括して同じように扱う傾向があって、その適用範囲を次第に狭めていくという方向をたどるように思います。痛い目に遭うと、それに似たものは全部同じように避ける方が生き延びるのに有利ですからね。それが動物の生き残り戦略に組み込まれているんだろうと思います。

だからわれわれの生活の基礎となっているのは当然とも言えます。この考え方は科学の基礎にもなっています。科学では帰納法という推理の仕方をします。これは個別例を集めて、そこから一般法則を導くやり方です。たとえば「これまで見たカラスはすべて黒かった。ゆえにすべてのカラスは黒い」と判断するやり方です。これこれの場合にこういうことが成り立つ、だから同じような場合には同じような結果が出るはずだという考え方です。

科学は、こうやって個別の事実から一般法則を導きます。こういう考え方は厳密に言うと本当は根拠がありません。一般法則は、あらゆるものに適用できる法則です。ところが、われわれが観察できるのは一部のものだけです。まだ観察していないものについても同じことが成り立つと考えないと一般法則は導けません。今まで見たカラスはすべて黒くても、将来、黒くないカラスが発見されるかもしれないし、突然変異で赤色のカラスが増える可能性もないとは言えません。それでも、「カラスは黒い」と考えてしまうんです。でも、これまで観察したカラスがこれこれだったから、観察しなかったカラスも同じであるという保証はないんです。

自然科学の法則もそうです。万有引力の法則は、今までずっと成り立ってきました。でも、次の瞬間から成り立たなくなることもあり得ます。実験室の中でこういうことが観察された、だから宇宙のどこでも同じことが成り立つ、と科学は考えますが、それが正しいという保証はありません。科学は盤石だと思われているかもしれませんが、実際には、脆弱な基盤の上に成り立っているんです。今までこうだったからとか、経験した範囲ではこうだから、まだ経験していないものについても、いつでもどこでも同じようなことが成り立つに違いないと考えるんです。

科学はそういうやり方で成功を収めてきたんだから、これからも同じやり方でうまくいくはずだ、と考えるなら、それもまた根拠がありません。科学は成功を収めたという過去の経験を基にして、まだ経験していない未来でも科学は成功すると判断しているのだから、同じように根拠がないんです。

このように似たものを同じように扱うのとは逆の考え方があります。たとえばサイコロで今まで偶数が十回続けて出たから、次は奇数が出る確率が高いと考えられることがあります。でも実際には、そう考えることには何の根拠もありません。次に偶数が出るか奇数が出るかの確率は、二分の一です。百回偶数が続いたとしても、次に偶数が出る確率は二分の一です。

それでもなお、百回偶数が続いたら、もうそろそろ奇数が出てもいいと思いませんか？そういう気がするんですが、実際には、そういう考え方には根拠がありません。なぜかというと、これまでに偶数が出たことと、次に何が出るかということのあいだには、何の因果関係もないからです。次に何が出るかということは、インチキなサイコロでないかぎり、一回一回独立です。今までこうだったということは、何の理由にもならない。それなのに、偶数が続いたからそろそろ奇数が出るだろうと考えてしまう。これは「ギャンブラーの誤り」と呼ばれる考え方です。

一回一回がお互いに独立じゃない場合もあります。たとえば、失敗を何度も重ねると次は成功する確率が高くなるというのは、正しいこともあります。なぜかというと、失敗によって学習して軌道修正するので、成功の確率が上がるということがあるからです。そういう場合は、一回一回が互いに独立していません。でも、ルーレットやサイコロの場合は一回一回が独立しているので、今までこうだったから今度は違う結果が出るに違いないと判断することはできないんです。

このギャンブラーの誤りも、似たものには同じようなことが起きるという考え方の一種だと考えることができます。「過去の経験では偶数ばかり出続けることはなかった。だから今度も偶数ばかり出続けることはないだろう」と考えるんですからね。

似たものには同じことが成り立つという考え方は、根拠がない。それなのに広範囲に採用されていて、日常生活から科学やギャンブルにまで浸透しています。根拠のない考え方なんですが、実際にはそれで不都合は感じません。ただ、問題だと思える場合があります。それは、たいして似ていない場合にも同じことが成り立つと考える場合です。

似ていないもの同士の類推

たとえば、ぼくの父がよく言っていたんですが、麦の種をまいて芽が出てくると、麦踏みと言って、芽を踏むらしいんです。そうしないと、麦が強く育たないらしいんです。父は、「麦は芽のうちに痛い目に遭わないと強く育たない。だから人間も子どものころに厳しく育てないと強い人間に育たない」とよく言って実践していました。厳しく育てられたぼくには、大きい迷惑でした。麦のように踏まれなかったのが不幸中の幸いです。

一口で言うと、父は、麦について成り立つことが人間についても成り立つと考えていたんです。でも、麦と人間は違います。麦で成り立つことが、どうして人間に成り立つと言えるんでしょうか。似ている面といえば、どちらも成長するということくらいで、麦と人間では違いの方がはるかに多い。だから、一方で成り立つからといって、もう一方でも成り立つとは言えません。ふつうに考えると、なぜそういう間違った考え方をするのか不可解だと思えますが、似ていないものに同じことが成り立つという無茶な論理がけっこう横行しています。

ライオンは子どもを崖から突き落とすという話もよく聞きます。本当にライオンが子どもを崖から落とすかどうか、知らないんですけどね。テレビで見る限り、ライオンはだいたいサバンナに住んでいて、崖のあるようなところに住んでいるように思えません。だからこの話は疑わしいと思うんですけど、かりにこの話が正しいとしても、それが人間にも当てはまるとは言えません。本当に当てはまるのなら、人間の親はみんなどうして自分の子どもを崖から突き落とさないのでしょうか。親が適当に自分の都合に合わせて、ライオンを引き合いに出しているだけなんだと思うんです。

これに似た例ですが、よく温室育ちだと抵抗力がなくてひ弱だと言いますよね。だから、人間は苦労しなければいけないと言われたこともあります。でも、ぼくの知っている範囲では、小さいころから何の苦労もなく育ってきた人の方が、不幸に耐える力が大きいような気がします。たとえば、子どものころ裕福な家に育った人は、貧乏にも耐えられるんですよ。むしろ、子どものころから貧乏な暮らしをして苦労した人の方が貧乏を怖れるような気がします。

一般に、子どものころ何不自由なく育った人は、ものごとを楽観的に見る人が多いのではないでしょうか。これはぼくの知っている範囲なので間違っているかもしれませんが、本当に子どものころ苦労した方がいいのかどうか、温室育ちだと弱くなってしまうのかどうかは、疑問の余地があると思います。人間は植物とは違うからです。

植物にしても、温室で育てた方がおいしかったり、たくさん採れたりするんです。だからこそ温室で作っているわけですからね。わざわざ弱いものを作るために温室で育てているわけじゃないと思うんです。だから二重に疑わしいように思えます。

また、抵抗力をつけるには身体を甘やかしてはいけないという考え方もあります。どんなものでも、甘やかすと抵抗力がなくなってしまう。温室で育ったものは、外に出すと生き延びることができません。それと同じように、人間もずっと快適な状態にいると強くなれないと考えられることがけっこうあります。風呂に入った後に冷たい水を浴びたり、冷水と熱い湯に交互に入るのが身体にいいと言われたりしますけど、これもその一種だと考えられます。でも一方では、暖かいところから急に寒いところに行ったりすると風邪を引くとも言われたりするし、冷水と湯に交互に入る植物も動物もたぶんいません。少なくとも、植物で成り立つことが、人間でも成り立つかどうかは疑問の余地があります。

また、身体は使っていないとサビつくと言われますよね。鉄製品はそうかもしれませんが、身体にもそれが成り立つんでしょうか。鉄でできた機械と人間の身体は似ているように思えません。似ているのなら、鉄製品は使っているうちに摩耗するから、人間も使いすぎると摩耗すると考えてもよさそうに思えるんですけどね。

逆に、身体は酷使すると悪くなるとも言えるんじゃないでしょうか。近視の原因は、近いものばかり見て目の筋肉を酷使するからだと言われています。近視のことを考えると、筋肉を使いすぎると、かえって弾力性が失われる結果にもなるので、使えばいいというものでもないんじゃないかと思えます。スポーツ選手の寿命は実際に長いんでしょうか。

もっと迷惑な場合

こういった論法は、植物や動物や鉱物と人間のあいだに類似性があると仮定していますから、疑わしいことはかなり分かりやすいと思います。類似性を想定するのはかなり無理がありますからね。もっと分かりにくくて、もっと迷惑な場合もあります。

たとえば、鉄棒の逆上がりができなかった子どもが、努力したらできるようになったという場合があります。そのことから、努力すれば何でもできると考えてしまう。逆上がりの場合は、たしかに努力するとできるようになったかもしれないけど、それなら、その子が努力すれば鉄棒で月面宙返り二回半ひねりができるようになるんでしょうか。できるようになるとは思えません。何事にも限度があるんですから。

百メートルを十六秒で走る子が、努力したら十五秒で走れるようになるということはあります。でもだからといって、努力を重ねていけば十秒でも九秒でも切れるかといったら、それは無理な話です。努力をしたらこうなった、だからどんなことでも努力をすればいい結果になるという考え方には何の根拠もないと思うんです。

どんなことでも努力すればできないことはないと言われますけど、努力で何とかなる場合と、努力してもどうにもならない場合があるように思えます。ある場合に努力が効いたからといって、どんな場合にでも努力が功を奏すると考えるのは明らかに誤りです。努力して空を飛べるわけじゃないんですから。

にもかかわらず、何事もがんばればできるはずだとか、できないのは努力が足りないからだと言われることがしょっちゅうあります。努力で何とかなる場合なら問題ありませんが、努力してもどうにもならない場合には、そう言われて苦しい思いをさせられている子どもがかわいそうです。

歴史や外国に学ぶべきか

それから、歴史に学べと言われることがあります。学者の主張によく見られるんですが、明治維新でこうだったから、今の時代でもこうしないといけないとか、世界で大恐慌が起こったときに、こういう政策がうまくいったから、今もこうするべきだと言ったりしています。学者でもそういうことを言いますが、正しいんでしょうか?

過去と現在では状況が大きく違います。人口も違うし、経済の場合なら、グローバリゼーションの進み方とか、金融制度や企業倫理やエネルギー資源や国家財政や国際関係など、色んな条件が違います。だから、一方の時代で成り立っているから、もう一方でも成り立つとは簡単に言えません。そもそも、その二つの事例が似ているかどうかも簡単には言えないんです。にもかかわらず、過去に学べと主張されることは多くて、過去の事例を引き合いに出して、現代でもこうすべきだと主張されることがかなりあります。

それに似ていますが、外国でこうだから、日本でもこうすべきだと主張されることもよくあります。でも、外国と日本では生活習慣が違うし、伝統も文化も民族性も違います。だから、外国で成り立っていることが、必ずしも日本でも成り立つとはかぎりません。

この場合も、似たものには同じことが成り立つという考え方を使っていますが、信頼できるとは言えません。日本と外国が似ているかどうかは簡単には言えないからです。とくに専門家には、過去や外国がこれこれだからといった主張をする人が多いので、信じてしまうのですが、経済政策など大きい危険が伴うことがあるので、慎重に判断しなければいけないと思います。

ぼくもよく外国の例や古代ギリシアの例を引き合いに出しますが、実は、そういう例を出したからといって、ぼくの言っていることに説得力が増すわけではありません。いずれにしてもぼくの言うことは信用しないのが無難です。

個人の比較

もちろん、他人との比較も慎重でなくてはなりません。よく「隣のご主人は課長なのに、あなたはなぜヒラのままなの？」とか「隣の子は成績がいいのにあなたはなぜ成績が悪いの？」と言ってなじる人がいます（「隣の奥さんはきれいなままなのになぜお前は太ったのか」と言い返す男はほとんどいません）。これも、隣の家で成り立っていることは自分の家でも成り立つはずだということを前提していますが、家は一軒一軒違います。環境も能力も親も違います。同じことが成り立っていなくてはならないと考える方がおかしい。

隣同士だけでなく、同じクラスだとか、同じ世代の場合にはとくに、他人と比較してしまいます。同年齢の人間同士だから似ている面もありますが、細かいところでは顔や能力や環境など、大きく違います。それを無視して、他人と比較して落ち込んだり、優越感をもつ人が非常に多い。でも、他人と似ているはずだと考える理由はありません。

反撃法

このように、自分の主張を補強するために何かを引き合いに出したくなって、過去や外国の事例や隣の家や動物や植物を引き合いに出すことが頻繁に行われています。人生にはいいときも悪いときもあると言いたくて、「海にも潮の満ち引きがあるじゃないか」と言ったりする。でも人生と海に直接の関係を想定する方が難しいと思えます。関係があると考えるなら、そう考える理由を説明しなくてはいけないと思います。

青森の人でものすごくおいしいリンゴを作った人がいるらしいんですね。肥料も農薬も使わないらしいんですが、こういう例を見て、人間も栄養を取らない方がいいとか、薬を飲まない方がいいとか、何でも手を加えない方がいいと主張をする人が出てくるんじゃないかと思うんです。でもリンゴと人間は、違いの方が多い。リンゴでうまくいったからといって、人間にもうまくいくとはかぎりません。生まれたばかりの乳児を放置しておいたら生きていけませんからね。リンゴだって、野生のリンゴがすべておいしいわけではないと思うんです。人間は、薬が発明されてから、それ以前よりはるかに長生きするようになっていますから、薬がすべて悪いとは言えませんし、栄養をとるのが悪いとも言えないと思うんです。でも、リンゴの例を見ると、そういうことを主張しそうになってしまいます。下手をすると命にかかわることもあるから、たんなる理屈の問題ではすまないこともあります。

よく似た例で、人生の成功者と言われる人がいます。そういう人が成功の秘訣を説くことがあるんですが、ある人が成功したからといって、他の人が同じことをやって成功するとはかぎりません。ほとんどすべての人は、成功した人とは状況も時代も人間関係も違いますし、成功者はそのときの色々な偶然が重なって成功したのかもしれません。ある人についてうまくいったから、別の人が必ずうまくいくとはかぎりません。

こうやればモテるとか、こうやれば合格するといった方法論もよく聞きますが、これも有効とはかぎらないと思うんです。キムタクがやってうまくいったことを他の男がやったらセクハラだと訴えられるということもあり得ます。容姿や財産や性格など色々と条件が違うんですから。

結婚している教え子が言っていました。夫婦でテレビで蜂の生態を見ていて、ダンナに「ほら、働き蜂は女王蜂に一生奉仕しているでしょ。だからあなたも奉仕しなさい」と言ったら、ダンナが「おれは蜂じゃない」と言ったらしいんです。よくそんなふうに逆らえたなと思いますが、そう反論するのが一番正しい。蜂について成り立つことが、どうして人間にも成り立つのかと反論すればいい。こういう説教を打ち破る一番いい方法は、「俺は蜂じゃない」、「俺は麦じゃない」、「今は明治じゃない」、「ここはアメリカじゃない」と反論することです。これが一番簡単で効果的です。そうやって、条件が本当に同じかどうかをいつも考えていないと、うまく説得されてしまいますから。

第3章

どうやって意見の違いを調整するか

❶相対主義

なぜ人を殺してはいけないか

人によって意見が違うことは多いんですが、とくに「〜すべきだ」とか「〜することは正しい」という価値判断は人によって意見が分かれます。では、どれが正しいのかを決めることはできるんでしょうか。

たとえば、地球が丸いかどうかについて意見が分かれたら、色々な事実を調べて、丸いという主張が正しいのかどうかに決着をつけることができます。観察した事実によって決着がつきます。三角形の内角の和はいくらかという問題なら、事実を観察するのではなくて、理論的に証明することによって決着がつきます。どちらも有無を言わせない決着のつけ方です。

でも、「〜すべきなのか、すべきでないのか」について対立があったとき、そのようにはっきり決着をつけることができるんでしょうか。実際問題として、ほとんどの場合、決着がつきません。どんな理由を示しても決定的な主張にはならないし、有無を言わさず相手を屈服させることはできません。それが現実です。

たとえば「人を殺してはいけない」という主張はどうでしょうか。この主張は正しいとされていると思いますが、正しいと考える理由は何でしょうか。実際には、これに答えるのは困難です。一つには、この主張があいまいだからです。

人を殺すのは、どんな場合でも悪いことなのでしょうか。相手を殺さないと自分が殺される場合はどうなるのでしょうか。あるいは相手を殺さないと自分の家族が殺される場合はどうなんでしょうか。いきなりどこかの国が攻撃してきて反撃しないと殺される場合はどうなのか、安楽死を望んでいる人を殺す場合はどうなのか、そのままにしておくと何人もの人を殺すことになるような殺人犯を殺す場合はどうなのか、戦争で敵の重要拠点に爆弾を投下するとき、何の罪もない人が一人混じっていたらどうなのか、それが自分の肉親だったらどうなのかなど、状況は無数にあり、状況によって判断が分かれる可能性があります。だから単純な仕方で論じることはできません。たとえ無理に結論を出したとしても、結論を導くための理由も無限に複雑になってしまいます。

「人を殺してはいけない」といった倫理的判断は、たいてい、このように無数の例外や但し書きを考えなくてはならないんです。だから単純な決着もつかないし、万人を説得する理由を挙げるのも難しくなります。

価値観が一致していない場合

倫理的判断にはそういう事情もあって決着をつけるのは難しく、国家間でも個人間でも争いが絶えません。争う場合は、お互いに「自分の方が正しい」と主張します。大義名分が必要なんです。たんに相手が憎いとか、領土がほしいという利己的動機だけでは大義名分にはなりません。典型的には、相手はこれこれの理由で正義に反している、だから許すことはできない、正義を回復する必要があると主張します。たとえば、自分の先祖の方が先にこの土地に住んでおり、先に住んでいた方に住む権利があるのだから、ここは自分の領土である。それなのに、相手がこの領土を何の権利もなく占有するのは正義に反する、と主張します。つまり、何らかの理由をつけるんです。本当はどんな利己的な動機であっても、正義とか権利などを理由にする必要があります。

個人の間の争いも同じです。電車の中で「お前、足を踏んだろう」と言って怒る場合も、

「他人に何の理由もなく害を与えてはいけない」というルールに反しているじゃないかという趣旨の主張だと考えられます。これに対して、「お前の方が足を突然出したじゃないか」と反論するのも、「意図的でない行為については責任を問われない」というルールを主張していると考えられます。

また、「浮気した」と言って怒る妻は、「結婚したら浮気してはいけない」というルールに訴えていますし、「朝からダラダラ寝転んでばかりいて何なのよ」と怒る場合は、「夫は妻と同じく、朝からキビキビ家事をするなど働かなくてはならない」というルールに訴えています。夫が「疲れてるんだから休日ぐらい休んだっていいじゃないか」と反論する場合、「十分に働いた後の休日は休んでもいい」というルールに訴えています。

このように、怒ったりケンカをしたりする場合には、少なくとも表面的には利己的な動機をぶつけるのではなく、「人間が守るべきルールに反している」と言って相手を攻撃するのです。

これらの争いは、「どう行動すべきか」というルールをめぐる争いです。争いの双方が同じルールを共有し、事実関係の認識が一致していれば、解決は簡単です。でも、ふつうはルールか事実認識かどちらかが対立しています。たとえば領土問題で「先に住んでいる方に占有権がある」というルールを共有していても、どちらが先に住んでいたかという事実認識が対立することがあります。

でも一番やっかいなのは、「どうすべきか」というルールを共有していない場合です。つまり「どうすべきか」「何が善か」という価値観が一致していない場合です。

たとえば文化圏によって価値観は違います。イスラム圏では、いまだに鞭打ちの刑や投石の刑があるところもあるようですが、こういう刑罰は西洋的な価値観からは残酷だとして非難されています。捕鯨が是か非かについても文化圏によって違います。また、昔の日本は仇討ちを義務としていましたが、西洋の価値観では仇討ちはすべきではないと考えられていました。

宗教によっても、文化によっても価値観が違いますし、男と女でも価値観が違う部分があります。それから、女性の地位などの変化を考えれば分かりますが、時代によって価値観が違うことがあります。さらに、世代間でも違い、大人と若者で価値観が違います。

では、対立し合う価値判断のうち、どれが正しいのかということを判定できるのでしょうか。すでに言いましたが、われわれの経験を考えてみても分かるように、争いというものはほとんどの場合、解決しません。力関係で決着がつくか、妥協とか交換条件とかで決着がつくといったあいまいな形になります。とくにこれといった理由はないのに何となく雰囲気で決まる場合もあります。地球が丸いかどうかという問題のような仕方で決着がつくことはありません。

今では想像もつきませんが、昔の日本人は、女は男に従属すべきものだという価値観をもっていました。そこへ男女は平等だという価値観が入ってきました。そういう価値観の対立があって男女同権を認めるという決着がつきましたが、それは偶然の産物です。どちらが正しいということが証明されて決着がついたわけではありません。一方の価値観が正しかったとか、間違っていたとか、そういう問題ではありません。

こういう価値観の対立があったとき、絶対的に解答が決まっているとは考えにくいように思われます。それぞれのグループや個人によって価値観は違うと考えるのが実情に合っているように思えます。

価値観は法律や道徳で決まっていることもあるし、暗黙のうちに決まっていることもあるし、意識的に決めたものもあれば、だれが決めたのかはっきりしないけど前から決まっている場合もあります。いずれにしても、絶対的な善悪の基準は存在せず、それぞれの集団なり個人なりに特有のものだと考えるしかないように思えます。多くの人はほぼそう考えているのではないかと思います。

　ここでもそう考えておきます。問題は、グループ間で価値観が食い違ったときをどう考えるかです。

相手の価値観は批判できないか

　よく見られる考え方は、「グループ間で価値観が違い、善悪の基準が違うのだから、互いに価値判断を批判することはできない」というものです。同じ価値観をもっていて、どうすべきかについて意見が一致しているなら、その基準に照らして「それに反しているじゃないか」と言って相手を批判することができます。でも、それぞれ独自の価値観をもっているなら、互いにそれを認めるしかない、ちょうどファッションや食べ物の好みが違う相手に「お前は間違っている」と批判することはできないのと同じだ、こういう考え方です。この考え方は日常生活の中でも、また学者の書いたものの中にも見られます。

　互いの価値観を尊重しなくてはいけないと考えるなら、大人が若者の価値観を間違っていると言うことはできないことになります。事実、子どもには子どもの価値観があるんだから、それを非難することはできないと考える親も多いように思います。子どもの方は、だいたい「大人の考えは何から何まで間違っている」と決めつけているんですけど、親の方は、子どもには子どもの価値観があるのだからそれを尊重しなくてはいけないと考えることが多い。価値判断の中に美的判断も含めれば、子どもがカッコイイと思ってやっているファッションを批判することはできないと考える人も多い。

国際的にも、イスラムにはイスラムの価値観があって、それぞれ独自の価値観を採用しているのだから、それ以外の価値観からそれを非難することはできないと考えられることがあります。でも本当にそうでしょうか？

たとえば、ある部族が、自分の部族以外の人間を殺して食べてもいいという価値観をもっているとします。この場合、価値観が違うんだから、その部族の価値観を批判してはいけないということになるでしょうか？　そしてその部族に捕らえられて殺されるときになっても、「この部族の行為を批判できない」と考えて相手の行為を尊重するでしょうか？　ナチスが大量虐殺したのも彼らの価値観に従っているんだから、それとは違う価値観をもつわれわれは批判できないと考えるんでしょうか？

そんなことはない、とぼくは思います。自分の価値観に従って、他の価値観をもつグループの行為を批判することができると思うんです。もし他の価値観をもつグループを批判することができないのなら、ナチスのやったことも、非常に偏った考えをもつ団体の行動も認めなければいけないことになってしまいます。

また、犯罪者の中には「確信犯」がいます。われわれと価値観が違う人が、正しいと信じてやったことが犯罪であった場合、その人を処罰することはできないことになってしまいます。

実際には、われわれは自分と価値観が違う人であれ同じ人であれ、自分の価値観で相手を非難したり賞賛したり裁いたり罰したりしています。自分のやっていることは正しいと信じる確信犯であれ、自分のやっていることは悪いことだと自覚している犯罪者であれ、同じように罰しています。社会の仕組みがそうなっています。ぼくはそれが当然のことだと思います。

同様に、大人が、若者にそのファッションはみっともないとか、そんな言葉遣いをするべきではないと批判する権利は十分にあると思います。若者が言うことを聞くかどうかは別ですよ。たぶん聞かないでしょうけどね。

人を殺す部族に対しても、「人を殺すのはよくない」と主張することはできます。もちろん主張したからといって、その主張が通るとはかぎりません。でも、そういう批判をすることすらできないと考えるのは間違っています。価値観が対立したときに、お互いに非難し合うのは当然のことです。

実際問題として、多くの国では、政治的に、保守と革新が対立して批判し合っています。お互いに価値観が違っていて、個人の自由や権利を最大限尊重するか、国民全員の最低の幸福の権利を尊重するか、といったことで考え方が対立しています。両者は価値観が対立しているんですけど、お互いに相手は間違っていると攻撃し合っています。個別の政策でも、税制をどうすべきかとか、原発を認めるかどうかなどの政策でお互いを非難し合います。むしろ政党のあいだで一致することの方が少ない。現実にそういう非難の応酬がなされています。われわれは実際に「価値観が違うのだから批判できない」とは考えていないんです。

価値観をもつとはどういうことか

その理由は明らかです。ある価値観をもつということはどういうことでしょうか。一つの価値観をもつということは、それとは違う価値観を攻撃するということでもあります。ある価値観をもつということは、「これこれのことは善い」「こうすべきだ」と考えることです。一つの価値ということは、それに反したものを間違いだとか悪いと考えるということです。

観をもつということは、それとは違う価値観を間違いだと考えることです。自分とは違う価値観を排除することなんです。

どんなものでも許容するなら、そういう人は特定の価値観をもっているとは言えません。

ユダヤジョークでこういうのがあります。

ラビ（ユダヤ教の宗教指導者）のところへ二人の男が口論を仲裁してくれと言ってきた。一人が自分の言い分を主張すると「お前は正しい」とラビが言った。もう一人がそれに反対の言い分を主張すると「お前は正しい」と言った。二人が帰ると、ラビの妻が「あの二人は矛盾してるんだから、どっちも正しいなんてことはありえないわ」と文句を言った。するとラビは「お前は正しい」と答えた。

このラビは何も主張していないのと同じです。「Aをすべきだ」という価値観にも「Aをすべきではない」という価値観にも賛成するなら、何の主張ももっているとは言えません。つまり、特定の価値観をもつということは、それと対立する価値観に反対するということです。だから、何らかの価値観をもったとたんに、対立する価値観に反対を表明していることになるんです。自分の価値観と対立する価値観に「理解を示す」ようでは、このラビと同じように矛盾していることになります。「仇討ちをすべきだ」と考えながら、その一方で、違う文化圏の「仇討ちをしてはいけない」という考え方に反対してはいけない、と考えるのは矛盾しています。むしろ「仇討ちをしてはいけない」という価値観に反対しなくてはいけないんです。

こう考えてくると、絶対的な価値基準がないからといって、他人の価値観を批判してはいけないということにはなりません。よく見られるように、大人が若者の価値観を尊重しなければいけないと考える必要もありません。それは大人が勝手に自己規制しているだけです。政治的なこととか男女の役割分担については、価値観の違う相手を現に非難しているのだから、若者の価値観も批判していいし、自分がちゃんとした価値観をもっているのなら当然、批判しなくてはならない。

どんなファッションがいいか、何が美しいかについての判断も、価値観の一種です。だから大人が若者の美的センスを批判してもまったくかまわない。たんに若者にバカにされるだけのことですが。

実際、学生たちはぼくの服装を平気で批判していました。ぼくが気に入って色違いのものまで買ったシャツを見て、「先生、それ、いいと思って着てるんですか？」と言ってね。ぼくの目から見るとファッションセンスがなっていない学生がそう批判したんです。そう批判されても、ぼくにはぼくの美意識があるんだから気にしないで着ていればいいんですが、いくら自分にそう言い聞かせても、その後、そのシャツを着ることはできなくなりました。情けないものです。この学生のように、自分の価値観で「これは許せない」と思えばどんどん批判すればいいんです。ケンカになるかもしれないし、相手が傷つくかもしれないけど、批判することはできないと考えるのは誤りです。

もっと深刻な「ユダヤ人を殺すべきだ」という考えも、もちろん非難すべきです。それはナチスがもっていた考えだからではありません。だれがもっていようと、こういう考え方を許容してはいけないし、その考えを実行しようとしたら力づくでも阻止しなくてはならないというのが、われわれの共通の価値観になっているからです。

価値観同士が食い違っているときに、一方から見て他方が間違っている場合、どっちが正しいかに決着をつけることは実際上不可能です。しかしだからといって、相手を「間違っている」として非難してはいけないということにはならない。実際に対立しているのだから、尊重し合う必要はないんです。

なんか、ケンカをあおっているように思われるかもしれませんが、ぼくは「自分と違う価値観を批判する権利はだれにもない」という考え方が間違っていると言っているだけですからね。それさえ分かってもらえば、あとは妥協するなり、折れるなりしてください。ぼくみたいに。

❷意見の違い

日本人というのは和を尊ぶと言われてます。ぼくの周辺では、ぼくが周囲に対して一方的に和を尊んでいるだけですけどね。

そのためか、議論が起こるのはよくないとする傾向があります。会議などで反対意見を言うと、「和を乱す者」として白い目で見られたりします。

世論調査を見ても、世論がけっこう一致しているんですよね。でも実際には、人によって価値観が違いますし、現に男と女が一緒に暮らしても意見が衝突してなかなか合意形成が難しいのだから、世論調査でほとんどの国民の意見が一致するのは不思議です。これにはマスメディアの力が大きく働いているように思います。ほとんどの場合、マスメディアの論調は一致していて、世論もそれに影響されていますから。

テレビのワイドショーでも、コメンテーターの人たちの意見は一致しているのがふつうです。世論に反対するような意見を言うと、視聴者から抗議の電話が多数かかってくるらしいんです。あんなやつは番組から降ろせって。出演させたことに抗議するぐらいなら、なぜコメンテーターの主張に反論しないのでしょうか。

その結果、どの番組でも同じような論調になってしまう。そうなるとますますそういう意見に反対することができない空気になってしまいます。新聞でも論調は同じことが多い。会社でも学校でも自分と違う意見は許さないという雰囲気になっています。

ぼくがイギリスに行ったときに経験したんですけど、イギリスでは、人によって意見が違うし、意見が対立するのが当然だとみんな考えています。意見が違った場合、どうするかというと、議論します。議論をして、決着がつくこともあるしつかないこともあって、最終的には多数決で決まっていく。でも、少なくとも、意見は対立するものだと思っています。

どうしてそうなったのか知りませんが、ぼくの勝手な想像では、たぶん歴史的な反省から来ているんじゃないかと思うんです。人間は集団で判断する場合、大多数の意見を採用することになりますが、大多数の意見が正しいとはかぎらない。過去に大多数の意見が間違ったことが何度もあるんです。

たとえばソクラテスは死刑にされましたが、別に犯罪を働いたわけではなく、いろんな人を相手に哲学的な議論をふっかけていただけです。それなのに、言いがかり同然の告発を受けて、結果的に死刑にされました。そのときの裁判は民主的なものでした。五百人くらいの市民からなる裁判員の投票で死刑になったんです。市民の総意で死刑になったと言ってもいい。ヒトラーも、民主的選挙で熱狂的に支持されて選ばれました。

大多数が判断することがいつも正しいとはかぎらないし、おうおうにして危険なんです。大多数の意見といっても信用できない。実際、昔の人はみんな地球が平らだと思っていましたからね。

そういう歴史を反省して、少数の意見を守らなきゃいけない、少数意見を圧迫することがあってはいけないと考えられるようになったのかもしれません。外国のある政治家は、自分と反対の意見の人がいたら、その意見には反対するけれども、その意見を主張する権利は命を張ってでも守ると言ったそうです。そういう意識は、日本人には理解しにくいことですけどね。それでも、意見が違う人の意見を圧殺するようなことがあってはいけないとぼくは思います。家の中で意見を圧殺されている者として、声を大にして訴えたい。

実例を出すと、イギリスにいたとき、レイプ事件が起こりました。ある女の人がレイプされたといって訴えたんですけど、レイプしたのは同じベッドで一緒に寝ていたボーイフレンドで、しかも女はTバック一枚で寝ていたというんです。それでレイプされたと訴えたから、イギリスのテレビなどで色々な議論がなされ、そういうのはレイプと言えないという意見が圧倒的でした。日本でも、そういうことがあったら「レイプじゃなくて合意に決まっている」と考えるでしょうね。

でも、ある新聞に有名な女のミステリー作家がコラムの中で、「明らかにレイプだ」と書いていました。女が「ノー」と言えばそれは本当に「ノー」ということなんだ（'No means no'）と強力に主張していました。この主張にうなずいた人も多かったと思います。イギリスの中でも少数意見だったんですけど、そういう少数意見も新聞が掲載します。コラムの執筆者を選ぶときにも、少数意見を含めてできるだけ色々な意見を反映させるようにしているんだと思います。その事件がどうなったか知りませんが、この作家の意見も考慮されたのではないかと思います。

また、その当時、動物愛護の運動が盛んでした。子牛をヨーロッパに輸出することに反対して、子牛を船に積む港で運動家が座り込みをしているニュースが連日流れました。どこかの化粧品だかのメーカーが動物実験しているということが分かると、不買運動が起こったりするほど動物愛護の運動は激しいものでした。

そんな雰囲気の中でも、なぜ動物を愛護しなければいけないのかと主張する人もいました。そういう少数意見があっても当然だとお互いに思っているんです。なぜ動物を愛護しなければいけないかということが、新聞の投稿欄でも議論になっていて、どういう根拠があって牛を可愛がらなければいけないのかという意見もありました。

日本人だったら、「どうせ牛を食べてしまうんだからそこまで大事にする必要はない」と簡単に考えるかもしれませんが、イギリスではそう簡単にはいかない。いつか殺すからといって、生きているあいだにどんな苦しみを与えてもいいのか、という反論が出る。人間だっていつかは死ぬけど、だからといって生きているあいだどんな目に遭ってもいいとは考えられませんからね。

「牛に苦しみを与えるのはよくない」と主張する人がいると、「それなら、苦しみを与えないよう麻酔をかけてから殺すのはいいのか」と反論する人もいる。牛や豚などの肉はまったく食べないという主義の人もいますし、牛乳や卵だって食べないという人もいますし、食べるのはやむを得ないけども、それまではできるだけ幸福にさせた方がいいという人もいる。

色んな主張があって、いつも議論をしているんです。

イギリスでは、意見が違うのは当然だし、議論するのが当然だという風土があるんです。「重要なのは結論だ、議論するかどうかなんてどっちでもいいじゃないか」と思うかもしれませんが、実は大きい影響があると思うんです。

少数意見の力

ぼくはイギリスに行く前、イギリスは保守的なところだと思っていました。ところが実際に行ってみると、どうも日本の方が保守的なようなのです。

たとえば男女差別についても、日本のテレビでは、女の人が何の必然性もなくレオタードで出てきて景品を渡したり、意味もなく美人のアシスタントを司会の横に置いたりしますよね。でも、そういうことはイギリスなら許されないと思います。

聞いた話なので真偽は分からないんですけど、オックスフォード大学の学報の表紙にクローディア・シファーというモデルの写真を使ったことがありました。服も着ているし上半身だけの写真です。それでも抗議運動が起こったんです。女を鑑賞の対象にしていると言って。男には美しいかどうかという評価の仕方をしないのに、女は美醜によって評価している。そういう写真を載せるのは女をモノとして扱っているからだといって、抗議運動が起こった結果、大学側が写真の掲載を撤回したそうです。

とくに女の人の中にそう考えている人が多く、そういうことに対しては強硬に反対する。こういうところは日本とは大きく違います。イギリス人が日本に来ると、女性蔑視が目に余ることが多いと男女ともに言っていましたからね。

でも、そういう意識がイギリスに浸透したのは最近のことです。オックスフォード大学やケンブリッジ大学には、三十くらいカレッジがあって、それぞれのカレッジは独立していて、カレッジによって受験者の選抜の方針が違います。そのうち、女子学生の入学を認めないカレッジが一九七〇年代まであったんです。日本よりもはるかに女性は差別されていたんです。そういう状態だったから、女しか入れないカレッジが資産家の寄付によって作られたほどです。

その国が、今では男女差別を許さなくなっているんです。その厳しさは日本どころではない。女の人について美しいとかスタイルがいいと言うのさえはばかられるし、ケンブリッジ大学で、男子学生と女子学生の成績を比較して、男子学生の方がほんの少し成績がいいという結果が出たら、調査委員会を作って原因を調べるほどですから。

動物愛護もそうです。ロンドン塔には拷問器具がところ狭しと展示してあります。ちょっと前までは人間を拷問にかけていたような人たちが、今では動物愛護を叫んでいるんです。その変わり方は半端じゃない。

どうしてそれだけ大きく変わるかというと、最初は、拷問を許容するという意見が大多数だったんでしょうけど、少数意見が少しずつ出てきて、その結果、少数意見が逆転して現在に至っているんじゃないかと思うんです。社会が変わっていくためには、少数意見が必要です。そしてそれを粘り強く主張することが必要なんです。少数意見を圧殺していると、いつまでたっても社会は変わりません。

日本では少数意見に耳を傾けることが少ないように思えます。世論がこうなっているという理由で、それ以外の意見を認めなくなったりします。でも世論が絶対正しいとか、大多数の意見には従わないといけないとか、そう考えていると、世の中は変わりません。少なくとも、過去の例を見れば、大多数が絶対に正しいとは言えないんですから。

後でも言いますが、われわれは一面的にしかものを見ない傾向があります。少数意見は、多くの人が気づかない側面に目を向けさせてくれるという意味でも大事にする必要があると思います。

国民の声

新聞でもテレビでも「世論に耳を傾けろ」とよく主張します。でも多くの問題は、色々な事実を知った専門家でないと判断できないことが多い。だれが総理にふさわしいかとか、政党の代表にふさわしいかなどを判断する場合、政策とか、人柄とか、能力の違いとか、そういうことは近くにいる人や専門家じゃないと分からない。われわれ国民は印象だけでしか判断できないんだから、国民の声を聞けというのは、印象だけで選べというのに等しい。

そもそも世論とか国民の声といったものがそんなに信頼できるものなんでしょうか。歴史上の誤りを除外して、個人だけ考えても、自分の判断がいつも正しいと胸を張れる人がいるでしょうか。だれでも判断ミスをするし、失敗もするし、後悔もすると思うんです。結婚を後悔している人も多いし、買い物に失敗しなかった人はいないと思うんです。自分のことでさえ正しく判断できる能力もないのに、政治や経済について正しく判断できると考える方がおかしい。多数の世論といっても、個人の判断の集まりなんですから。

自分の判断能力を考えたら、自信はもてないはずです。今度の東日本大震災にしても、判断ミスが至るところで明らかになっていますが、被害がこれほど大きくなくても、ふだんから無数の判断ミスをしているんです。それを考えたら、自分の判断は正しいと思い込む方が難しいぐらいです。もちろん、「多くの人が同じように判断しているんだから正しい」とは、とても考えられないはずです。自分の判断や大多数の判断は間違っているかもしれないと思えば、自分と違う意見や少数意見を簡単に切り捨てることはできなくなるはずです。

ソクラテスが主張したことは、「人間は無知である」ということでした。「わたしは自分が無知だということを知っている。その分だけ、自分の無知を自覚しない他の人より賢い」と言ったんです。ソクラテスは、とてつもなく頭のいい人です。ウイットもあるし、ユーモアのセンスもあって、勇敢で身体強健で質実剛健で、容貌以外は文句のつけようのない人です。その人が「自分は何も知らない」と言っているんです。ソクラテスにはるかに及ばないわれわれが、自分の判断力に自信がもてるとしたら、考えられないほど思い上がっているとしか言いようがない。

実際、政治的なことがらは簡単に判断できるようなものではありません。地球は丸いかといった問題とは違って、正解があるような問題ではありません。国民の利益になる判断を下せばいいことはだれもが認めるでしょうが、「国民」とはだれなんでしょうか。「国民全体の利益」というのはだれの利益なんでしょうか。実際には、国民の中には色々な集団がありそれぞれの業界、労働者層、主婦層、高齢者層、低所得者層、富裕層、官僚など、それぞれの集団によって主張も利害も違います。利害が対立すると、一方を優遇すれば他方を冷遇することになります。どちらか一方を切り捨てることもできないから、単純に多数決で決めることもできません。ではどうすればいいんでしょうか。どう判断しても、みんなが満足する結果を出すことはまず不可能です。これだけでも政治的判断の難しさが分かります。とうてい色々な情報を知らない素人が適切に判断できるような問題ではないんです。

専門家

政治的判断が難しい理由がもう一つあります。政治的問題の中にも、正解はあるけど実質的にだれにも解けないような問題があると思うんです。どうすれば景気がよくなるかとか、低負担高福祉な社会を実現する最も有効な方法は何かなどがそれです。これらの問題には正解があってもおかしくありません。地球は丸いかといった問題と同じく、多数決や妥協や利害の調整によってではなく、はっきりした解決が可能な問題だと思えます。

ではだれがこういった問題に正解を出せるんでしょうか。たぶん専門家でしょうが、実際に経済問題などについては、学者やアナリストや官僚など、専門家と思われる人たちの意見はそれぞれ違い、正反対ということもしばしばです。。専門家でさえ判断が分かれるんだから、素人に的確な判断ができるわけがない。政治的判断が必要になるのは、こういう種類の問題が起きたときです。自分だけの問題なら、結果は自分に影響が及ぶだけだから、まだいいんですけど、他人に迷惑をかけるかもしれない、場合によっては死活問題になるようなことについて、判断を下さなくてはいけないんですから、決断を下す責任者のストレスは半端ではない。よく耐えられると思います。

東日本大震災で起きた原発事故にしても、どんな専門家にも分からないことが多いことがよく分かりました。地震や津波の想定は専門家が集まって予想したものですが、専門家の判断が甘すぎたということが分かりました。原発の構造にしても、電源装置の配置など、専門家の設計が不十分だったことが分かりました。放射線にどれぐらいのリスクがあるのか、専門家のあいだでも意見が分かれました。だれもがどんな危険があるのかを知りたがったのですが、年間どれぐらいの放射線量なら健康に被害はないのか、はっきりしたデータがないし、どれぐらいの量でどんな被害が出るのか理論的にも解明されていない。それに、たとえ十分なデータがあったとしても、個人差などもあるから、どれだけ放射線を浴びたから必ずこういう健康被害が出るといったはっきりしたことは言えません。専門家もはっきりしたことは言えないような事柄もあるんです。

自分の判断に自信をもてるか？

たとえ専門家が「これだけの放射線量を浴びると、十万人に一人がガンになる」と断定したとしても、それを聞いたわれわれはすっきりするでしょうか。実際のところ、われわれには十万人に一人というリスクをどう考えたらいいのかが分からない。それなら安全だと思う人もいるでしょうが、これでも安心できないと思う人もいると思います。何百万人に一人しか当たらない宝くじを多くの人が買っているんですからね。運の悪い一人というのが自分だと思っても不思議ではありません。

それどころか、われわれは本当にリスクを避けようとしているのかアヤシイところもあります。たとえばリスクを承知でタバコを吸ったり、バンジージャンプをしたりする人がいます。どんな乗り物に乗ってもリスクはあるし、何を食べても病原菌や毒が入っている可能性があります。いつ大地震が起きるか分からないし、隕石が落ちてくるかもしれないし、ミサイルが落ちてくるかもしれません。それでも、そういうリスクについては何とも思わないで生活しています。

そう考えると、放射線について情報をすべて与えられたとしても、適切に判断できるかどうか疑わしくなります。いくら細かく説明されても、それなら安全だとか、それでも危険だと判断することができるとは思えない。だから、こういう問題については、自分の判断に自信がもてることはないと思うんです。

こういう例を挙げていけばきりがありません。だから、自分の判断が本当に正しいのかどうか、疑いをもつのが当然です。ふつうに考えたら、自分の判断能力を疑うはずです。そして、自分を疑うなら、他人の判断が間違っていると断定することもできないはずです。まして他人の判断が少数だからとか多数だからという理由で、正しいとか誤っているとか判断することはできません。だから少数意見にも謙虚に耳を傾けなくてはならないんです。

でも残念ながら、実際には少数意見や弱者の意見に謙虚に耳を傾ける人はあまりいません。わたしの家には一人もいません。

❸良識なるもの

経済

よく「良識のある人」とか「良識をもって判断する」と言われます。良識というのは、ふつうの人以上に正しく判断できる人のことだろうと思うんですが、良識の代表的なものは、かつては新聞とかマスメディアだと思われていましたが、最近はそうは思われなくなってきました。たぶん専門家が良識のある人ということになるだろうと思います。

でも分野によっては、良識が成り立たない場合もあると思うんです。たとえば、経済のことに関して正しい判断を下せるのはだれなんでしょうか。実際に、専門家の意見を基にした経済政策で間違ったことがこれまで何度もあります。

そもそも経済の専門家によって主張が全然違います。どうすれば景気がよくなるかとか、どうすればデフレを脱却できるか、貿易自由化を進めるべきか、学者によって意見が違います。専門家によって意見が分かれるなんて、自然科学の場合にはあり得ないことです。自然科学では、仮説については意見が分かれるかもしれませんが、通常のケースでは、自然学者のあいだで意見が違うということはありません。でも、経済学者やアナリストの意見が一致するということはまずありません。

経済学の理論についてはー致するのかもしれませんが、少なくとも将来の経済状態について予測するときになると意見は一致しません。予測できないような理論なら、どうすれば景気がよくなるかについても答えることはできません。

競馬なら、まだ予測ができます。天気の予測も難しいけど、不可能ではありません。でも経済現象については、予測は不可能だと思うんです。経済の場合には関係する要因があまりにも多すぎる上に、本質的に予測を許さない部分があると思うからです。

たとえば、自然災害が起これば経済的影響がありますが、自然災害が起こるかどうかはまだ正確に予測できません。予測できるのはせいぜい星の配置や翌日の天気予報ぐらいです。地震がいつ起こって、どれくらいの被害が出るかも予測できません。

さらに、政変が起こるかどうかも予測できません。チュニジアやエジプトで政変が起きることを一ヶ月前に予測した人はいなかったと思います。でも、政変があれば、大きな経済的影響があります。それが産油国だったり、スエズ運河をコントロールできる国なら、経済的影響は甚大になります。

それから、ロシアやアメリカや中国の指導者が突然交代して、完全に違う経済政策をとることもありえます。大投資家が世をはかなんで引退して投資をすべて引き揚げれば大きい影響が出ます。そのほか、疫病が流行するとか、大事故が起きるとか、石油が枯渇するとか、戦争が勃発するとか、ヘッジファンドが規制されるとか、大きい影響のあることはいっぱいあります。経済現象に影響を与える要因が無数にあるんです。

何よりも、経済の根底には人間の気まぐれに依存する部分があるのが致命的です。投資家が投資するのは、株が上がるか下がるかなど、未来を予測して決めるんですけど、正確な予測ができない以上、最終的には気まぐれというか、決断で決めることになります。

われわれがものを買うかどうか、どんなものを買うかということも、かなりの部分、気まぐれですよね。ぼくなんか、妻が何を買うかは予想できません。何を買ったかすら分からないんですからね。

人間は高いものを買うかと思うと、すごく節約したりしますが、それにはとくに理由がないことが多い。人間は基本的に気まぐれなので、人間の行動は予測できません。自然現象も複雑ですけど、人間の行動に比べたら、はるかに予測しやすい。だから、経済現象の根底には人間の気まぐれな決断があり、その決断が予測できない以上、正しい判断ができる人がいるとは思えないんです。たとえ予測が当たり続ける人がいても、それはたんなる偶然だと思います。だから、経済現象に関して「良識」がありうるとは思えないんです。

教育

教育についても同じようなことが言えると思います。国家の政策の中の重要な部分に教育があります。どうすればいい人間を育てることができるかということは、どの国でも大きい問題です。この問題は古代ギリシア時代から考えられてきましたが、どうすればいい人間が育つのかという問題はいまだに解決していません。

日本でも、指導要領など教育方針がよく変わって、試行錯誤していますが、結論は出ていません。知識を学ばせることに限っても、まだ試行錯誤しているんです。まして人間性の教育になるとお手上げといってもいい状態です。同じ育て方をしても、いい子になったり悪い子になったりしますし、そもそも、いい人間とは何かということも、時代によっても変わるため、よけい複雑になってきます。

教育の場合は経済現象とは違って、要因が多すぎるとは思いません。犬の教育なら、動物トレーナーのように、犬をしつけることができる人はいますけど、人間はそうやってしつけることはできません。ある程度の行儀はしつけることができるかもしれませんが、基本的に人間は条件反射で動くわけではありません。

動物の場合なら、褒美をやったり罰したり、それによって習慣づけて教育しますが、人間の場合はそうじゃない。いくら褒美をやると言われても、あえてそれに反対したり、罰を受ける方を選んだりすることがあります。罰せられると分かっていながら法律に違反する人もいるんです。

子どものころはだれでも、親の言う通りにすれば褒められたと思いますが、よく思い出してみると、百パーセント親の言うなりにはなっていないと思うんです。親に逆らったり、陰で悪いことをしたはずです（もしかしたらぼくだけでしょうか）。

人間と動物では、そういうところが決定的に違います。人間は自由に自分の行動を選ぶことができるので、条件反射や習慣づけを使って人間を教育することはできません。人間が自由だということは、どんな状況に置かれても、どう行動するかを自由に決めることができるということです。ということは、人間の行動は予測できないし、枠にはめることができないということです。人間がどう行動するかによって、その人の性格や人間性が決まります。だから人間が自由であるかぎり、特定の人間性をもった人間を育てることはできないことになります。ではどうすればいいのか。これについては後述しますが、ここでは「良識」というものがいかに成り立ちにくいか、良識を一度疑ってみる必要があるということを考えていただければと思います。

第4章

どうやって生きるか

❶能力

最近、能力万能主義が浸透していて、どんな子どもにも何らかの能力があるはずだ、勉強ができなくても、何か他の能力があるはずだから、それを伸ばせと言われます。そして、能力を伸ばすことが幸福なんだと考えられることが多いと思います。

でも、本当にだれにも能力があるんでしょうか。能力があると言えるのはどういう人なんでしょうか。たとえばことばをしゃべる能力は、動物から見れば想像を絶する能力ですが、そういうことを指して「だれもが能力をもっている」と言われているわけではありません。「能力」というのは人並み外れた能力を指していると思います。「人並み外れた」というのは近所で一番という程度ではなく、たとえばサッカーの能力は、少なくとも日本代表とか、Jリーグに入ってプロになるくらいの能力がないと、サッカーの能力があるとは言えないように思います。近所で一番だとか小学校のクラスで一番だという程度の能力なら、伸ばしても幸福には直接つながりません。食べていくことさえできません。でもサッカーで食べていける人は、サッカーをする人の中ではごく少数です。

走る能力があって足が速くても、本当に走る能力があると言えるためには、クラスで一番とか町内で一番というだけでは不十分です。やっぱりオリンピックに出るくらいじゃないといけない。そう考えたら、日本で数人しか走る能力のある人はいないことになります。それだって、世界に出たら決勝にも残れなかったりするんです。町内一足が速いみたいに、中途半端に速く走れる人が、それを伸ばそうとしても限度があるし、伸びないまま一生を費やすことにもなりかねない。

実際、「おれはロックで天下を取る」と考える若者はたくさんいます。そのほとんどは歌が上手でしょう。でもそれを伸ばすことにこだわり続けると、夢を見続けて一生を終える人がほとんどになってしまいます。音楽の場合は、運の要素もあるし、他人の好みに頼る要素があるので、とくに成功は難しい。だから「能力を伸ばせ。そうしないとお前は幸福になれない」と励ますのは、太平洋をヨットで単独横断しろと言うのに似ています。それでうまくいく人もいるでしょうが、大部分はうまくいきません。うまくいかなかったときの責任をどうとるんでしょうか。

そう考えると、伸ばすに値するほど能力がある人は、それぞれの分野で一握りしかいないことになります。分野の数は無限にあるわけではないので、どこかの分野でその一握りに入れるはずだと考えるのは無理があると思います。一握り以外の方が圧倒的に多いからです。レオナルド・ダ・ヴィンチみたいに、多くの分野の一握りを独り占めする人もいるわけですからね。たぶん九割以上の人はどんな分野でも能力があるとは言えないことになるのではないかと思います。

だから、「お前にも何かの能力がある」と励まされる子どもはつらい思いをしているんじゃないでしょうか。自分はダメな人間だとか、自分は何の価値もない人間だと思って、苦しむ子が多いんじゃないかと思うんです。親や先生から、あなたには必ず能力があると言われているのに、いくら探しても見当たらなかったら、どれだけ情けないか。だいたい、親や先生にしても、そんなに能力があるんでしょうか。自分を棚に上げて、子どもには能力があるはずだからそれを伸ばせと言っているんです。

実際、子どもが病気などで死にそうになったら、命さえ助かってくれたら能力なんかどっちでもいいと思うんじゃないでしょうか。何の能力もなくても、楽しそうに走り回っていてくれるだけでいいと思うんじゃないでしょうか。そうなったら、能力は人間の一つの側面にすぎないと気づくんじゃないでしょうか。

それでも能力を重視する傾向は根強いと思います。たとえば、お笑い芸人は、能力をひけらかす人をバカにして笑わせたりします。ノーベル賞受賞者とか、将棋の名人とか、そういう知的能力の高い人は世間的には無条件に尊敬されますが、お笑い芸人は、そういう人たちをコントなどで茶化します。実際、大学者や文豪がへまなことをやったりすると、可笑しいですからね。

そうやって能力のある人をこき下ろして笑わせるのが、お笑い芸人の仕事の一つなのに、芸人自身がスポーツや料理や学問などの能力があるところを見せようとムキになることがあります。それでは人を感心させることはできても、笑わせることはできません。個人的には、そういう傾向は残念だと思いますが、とにかく、能力を笑いものにする芸人でさえ、能力があるところを見せて自分の価値を高めようとするほど能力を重視しているんです。

能力は人間の一側面

ここまで能力万能主義がはびこっていていいんでしょうか。能力はすばらしいものだし、尊重すべきものだと思います。でも、能力が人間のすべてだと考えたり、能力によって人間の価値が決まると考えるのは間違っていると思うんです。能力そのものは尊敬されるものであっても、能力をもった人間は必ずしも尊敬されるとはかぎりません。能力は、人間のもっている一つの面でしかない。それぞれの人間には能力以外の部分がいっぱいあるんです。

たとえば自分の能力を鼻にかけて威張るような人は、能力は尊敬されるかもしれませんが、尊敬されるべき人間とは思えません。実際、昔は能力よりも人間性が重視されていたように思います。たとえば、太っ腹であるとか、気前がいいとか、物事に動じないとか、豪傑であるとか、そういう人が能力に関係なく尊敬され、頭がよくて成績がいいだけの人は青白い秀才としてバカにされていました。成績が悪くても、何の能力もなくても、いざというときになって動じない人間の方が、友人のあいだでは尊敬されていました。

でも今は、そういう人間性は注目されなくなって、能力だけで人間を評価しているように思えます。でも能力だけで人間を評価できるんでしょうか。もし能力さえあればいいとか、能力は伸ばさなくてはならないと考えるなら、たとえば手先が器用でスリの能力のある人は、みんな能力を伸ばしてスリにならなければならないんでしょうか。

また、歌が上手で、ジャグリングもできて、しかも玉乗りができる人は、玉乗りをしながらジャグリングをしながら歌わなければいけないのでしょうか。そんなことはありません。

そういう能力のある人が、弁護士を目指したり、大工になりたいと思ったりするかもしれませんが、それのどこが不都合なんでしょうか。能力があるからといって、それを伸ばさなければいけないと考える理由はないと思うんです。

ぼくは、大学に入ったときは官僚を目指して法学部に進むコースに入学しましたが、途中で哲学に転向しました。哲学の能力があるから哲学に進んだわけではありません。哲学の問題をどうにかして解きたいと思ったから哲学に進んだんです。それ以来、何十年も哲学を続けてきましたが、いまだに哲学の能力があるのかどうか分かりません。たとえ、あらかじめ哲学の能力がないと分かっていても、そんなことに関係なく哲学を選んだと思います。また、たとえ官僚の能力が抜きん出ていると分かったとしても、哲学を選んだと思います。さいわい、官僚の能力はゼロだと分かりましたが。

実際、多くの人も同じじゃないかと思うんです。能力の有無によって自分の進路を決めるというより、自分のやりたいことによって決めるんじゃないでしょうか。たしかに能力があれば有利だと思いますが、それが自分のやりたいことじゃなければ、そんなことで有利になったって意味がありません。人間が自分の進路を選ぶときに、能力を伸ばす方向に行かなければいけないと言われても、実際問題として、多くの人はそういうふうに行動しないだろうと思います。

ぼくはずっと、文章を書く能力がまったくないと思っていましたし、今でもそれは変わっていません。子どものころ、作文は全部、親に書いてもらっていました。作文が大の苦手だったんです。だから五十歳まで論文しか書いたことがありませんでした。だから、よもや自分が文章を書いて、それが売れるようになる（といっても大したことはありませんが）とは思ってもいませんでした。

ただ、大学生のころから、徐々に文章の面白さが分かるようになって、文章を読むのが好きになっただけなんです。能力はなくても好きになることはできますからね。好きだから自分でも書いてみようと思っただけなんです。文章を書く才能があるから書こうと思ったことは、いまだに一度もありません。このように、実際には、能力のあるなしで自分の方向を決めたりはしないものじゃないかと思います。

能力のある人は幸福か？

さらに、能力を伸ばせば幸福になれるのでしょうか。これにも疑問があります。たとえば、駄犬は芸ができないかもしれませんが、不幸なんでしょうか。頭のいい犬は盲導犬なんかになってストレスがたまって早死にするという話を聞いたことがあります。そういう頭のいい犬になるよりは、玄関の靴を夢中でかじっている駄犬の方が、よっぽど幸せな一生を送っているかもしれないと思いませんか？　能力のある犬もかわいいですけどね。犬の場合は、どんな犬も威張ったりしないから。

能力のある人も、幸福だとはかぎりません。たとえば、能力のあるスポーツ選手は、いつも結果を期待されているので、毎日色んな楽しみを犠牲にして、大変な努力をしています。盲導犬みたいにストレスも大きいと思います。だから、能力がある方が幸せだとも言い切れないと思うんです。

逆に、能力がないからといって不幸な思いをするとはかぎりません。駄犬の方が幸せだという考え方もできるんです。能力というのは、人間のもっている一部分に過ぎないと考えれば、それによって人間をランクづけをしたり、たんに一つの側面でしかない能力を、人間のすべてだと誤解しないですみます。

すごい能力をもつ人なんて一握りです。その一握りの人間でさえ、そんなに大したものではないと考えることもできます。走るのが速くてもチーターにはかなわない。知能にしても、どんなに頭がよくてもたかがしれています。前に言いましたが、ぼくが長年、哲学をやってきて分かったことは、どんな人間も愚かだということです。

もっと言えば、人間はミミズよりも知能が高いと思うかもしれませんが、ミミズはミミズなりに生きるのに必要な知能をもっているとも言うことができます。ミミズの生活にとってかけ算や割り算ができても何の意味もありません。かりにわれわれがミミズのような身体を与えられて、ミミズが置かれているような状況に置かれたら、ミミズのように生き延びることはできないでしょう。だからミミズの知能をバカにすることはできないんです。ムカデに生まれたら、足を一本一本動かす能力が必要ですが、人間にはそんな能力はありません。ピアノを弾いていて、痛感するんですけど、五本の指を自由に動かせないんですから。

能力はすばらしいものです。でも個人の違いは五十歩百歩です。小さい違いにすぎません。だから能力があるからといって自慢するに値しないし、能力がないからといって絶望することもありません。もっと大きい目で見れば、能力は人間の中の一つの部分にすぎないし、それがあれば幸福になれるといったものでもないんです。

❷目的を追求する生き方

人生を過ごすときに、何らかの目的を見つけなければいけないと言われます。人生を通じて達成すべき目的を設定して、それを実現することが幸福なんだという考え方があるんじゃないかと思います。この考え方は、かなり行き渡っていると思います。

今の日本には、閉塞感が漂っているとよく言われます。閉塞感には、色んな意味があるんでしょうけど、その一つは、達成すべき目的が見当たらないということが含まれているんじゃないかと思います。たとえば、明治のころは富国強兵、戦後は経済成長といった具体的な目標があったから、日本人が一丸となってそれに向かっていて、生き甲斐をもてたし、毎日が充実していた。しかし、今では経済的な成長も遂げてしまい、そこから先どうしたらいいのかまったく見えてこない。それが閉塞感につながっている。だから、日本人がこれから目指すべき目的を何らかの仕方で見つけなくてはならない。こういうことが言われていると思うんです。

目的をもつべしという考え方と似ていると思うのですが、歳を取ってからも生きがいを失わないように趣味をもつべきだと考えられているように思います。人間は、何もしないでいると、ボケたり死んだりしてしまうので、何か目的を追求した方がいいと考えられていま す。ゲートボールでも、蕎麦打ちでも、囲碁でも将棋でも何でもいいんですが、わずかでも上達するという目的を設定して、それを追求していれば、人間は幸福になれる。少なくとも、不幸な思いをしないですむという考え方があるように思います。

でも、本当にいつも目的を追いかけていなければいけないのでしょうか。それは、馬の前にニンジンをぶら下げるのと同じで、人間は常に何かを追いかけている状態じゃないと幸せではないという考え方です。でもそのような考え方は正しいんでしょうか。

たとえば、動物や子どもを見ていると、目的を追求しているようには見えません。動物は食べることと子孫を残すことしかしていなくて、他には何も目的を追求していないように見えます。人間の子どもも、一つの目的をずっと追求しているようには見えないんですけど、それでも楽しそうに見えます。逆に、大人になって一つの目的に向かって一心不乱に努力している人は、がんばってはいるけど、楽しそうには見えません。

最大の問題は、すべてを目的と手段の関係で見ていると、色々なものが見落とされてしまうことだとぼくは思います。重要なのは目的だと考えると、目的‐手段の関係の中に入ってこないものは、すべて「無駄なもの」、「余計なもの」、「意味がない」ものとなって、目に入ってこなくなる。

俳句のことは、芭蕉のことしか知らなくて、その芭蕉もちょっとしか知らないんですが、道端になずなの花が咲いているよ、というのを俳句にしているんですよね。「よく見ればなずな花咲く垣根かな」という俳句があります。

なずなというのは、雑草みたいな目立たない花らしいんです。そういうものに、芭蕉は俳句に詠むべき重要性があると考えたんです。

なぜそういうものに目が行くんでしょうか。目的を設定して、それにまっしぐらに向かっている人は、そういうものは目に入らないか、目に入っても意味がないもの、無駄なものとしか思えないのではないでしょうか。目的を設定しなければ見えてくるようなものが、目的を設定したために目に入らなくなってしまう。あるいは、目に入っても、無駄なものとして片づけられてしまう。これが大きい問題点だと思うんです。

二種類の行動

アリストテレスが言ったことなんですが、人間の行動は、目的を達成するためのものです。たとえば、切符を買うのは電車に乗るためで、電車に乗るのは池袋に行くためで、池袋に行くのは本屋に行くためで、本屋に行くのは本を買うためで、本を買うのは蛇口の直し方を知りたいからで、というように、目的 - 手段の連鎖がずっとつながっています。その目的をたどっていくと、それ以上目的がないような最終的な目的に行き着きます。最終的な目的はいくつもあります。

たとえば、食べ物を獲得するのは生存のためですが、生存は何のためでしょうか。生存にはそれ以上の目的はありません。生存は最終的な目的の一つです。それから、ジョギングするのは健康のためですけど、健康は何のためかというと、それ以上は目的がない。テレビを見たりするのもそうです。テレビも、料理の作り方を知るとか、情報を得るなどの目的があって見ることがありますけど、ただ楽しみのために見ることもあります。その場合は、テレビを見ることにそれ以上の目的はありません。まあ、楽しみのために見るんだ、と言えなくはないんですが、そうだとしても、楽しみは何のためかといったら、それ以上目的をもっているわけではありません。小説や映画なども同じです。楽しみ以上に目的をもっていません。スポーツや将棋なども、楽しみのためでしょうが、その楽しみがさらに別の目的をもっているわけではありません。

スポーツや将棋は、勝つためということもありますが、勝つのは功名心を満たしたり名誉を得るためということがあります。でも名誉を得るのは何のためかというと、それ以上目的をもっているわけではありません。このようにたどっていけば、最終的には、それ以上目的がないような最終的な目的に到達します。

人間の行動は二つに分けられます。一つは、それ以上何の目的もない行動、もう一つは、何らかの目的を達成するための行動です。アリストテレスによると、それ以上何の目的もない、それ自体が目的になっている行動の方が価値がある。なぜなら、その目的がなければ、それを達成する手段になっている行動はすべて意味がなくなってしまうからです。だから、最終的な目的になる行動が最も価値がある。

それ以上目的をもたない最終的な目的は、生存、娯楽、学問、快楽、名誉、美、愛など、多数あります。学問には実用的な学問もありますが、ここで念頭にあるのは哲学や数学など役に立たない学問です。見るとか聞くというのも最終的な目的です。何かのために見たり聞いたりすることはありますけど、ただ見たり、聞いたりすることはありますし、視力や聴力をもっているということ自体が喜びだったりします。だから見ること、聞くことそれ自体が目的になっている場合がかなりあります。さらに言うと、宇宙がどうなっているのかとか、生きているとはどういうことなのかとかを知ることを人間は求めますが、それも何か目的のために知るわけではなくて、知ること自体が目的になっています。

アリストテレスによれば、こういう何の目的ももたないものに一番価値があります。この考え方は納得できますよね。でも今の日本では、何の目的にも役立たないもの、それ以上目的をもたないものは、無駄なもの、仕分けすべきものだと考えられています。

役に立たないものの価値

多くの人は、宇宙がどうなっているかを研究することには意味があると思っていると思うんですが、宇宙がどうなっているかを知ったからといって、何か実用的な目的の役に立つわけではないですよね。何か役に立つことが見つかるかもしれませんが、それが直接の目的ではありません。単純に宇宙がどうなっているのかを多くの人は知りたいんです。だから宇宙がどうなっているかを知ることには価値があるし、税金を投入する意味があると思われています。

それなら、哲学にも価値があると思っていいように思うんですがね。とくに、哲学や、理論的な自然科学をやっている学者は、役に立つか立たないかには関係なく、知りたいと思うから研究しています。それを知って何の役に立つか分からないけど、とにかく知りたいんです。宇宙の成り立ちも知りたいし、物質とは何かとか、数とは何かとか、素数の性質とか、「人間はいかに生きるべきか」といった問題を知りたくないでしょうか。

プラトンはアカデメイアという学校を創ったんですが、そこで教え、研究していたのは、哲学、数学、音楽など役に立たないものばかりでした。それ以来の伝統で、中世でも大学が作られて役に立たないことばかり研究していました。宇宙のことを調べるにしても、純粋に宇宙の仕組みを知りたいと思うから研究していたんですね。何かの役に立つからとか、そんななせせこましい動機でやっていたわけじゃないんです。この世界が不思議だと思って、それをどうしても解明したいから一生をかけて研究しているんです。

大学というところは、発祥のときからずっとそうだったんですけど、最近、とくに日本やアメリカでは実利一点張りになってきています。ギリシアやラテンのことを研究する西洋古典学という学問があるんですけど、日本だと、東大や京大くらいにしかありません。それも教授一人、准教授一人のポストしかない。

でも、ケンブリッジ大学では、古典学部という学部になっていて、学生がいっぱいいます。何をやっているかというと、ギリシア・ローマの歴史や文学や哲学を勉強しているんです。でもそんなことをやってもたぶん何の役にも立たないでしょう。役に立たないと断言してもかまいません。なぜそういう勉強をするかというと、とにかく何かを知りたいからです。当時のギリシアやローマの人たちがどんな考えをもっていたのか、どんな価値観や人生観をもっていたのか、そういうことを知りたいんです。現代のわれわれとはものの考え方がまったく違っているので、そういうものを勉強すると、実際にものの見方は広がります。そういう意味はあるかもしれないですけど、ものの見方が広がったからといって、直接何の役に立つわけでもありません。

でも、実際に日本人が、何の役にも立たないものを全部バカにしているのかといったら、そんなことはありません。たとえば、音楽は多くの人に愛されています。若い人も、しょっちゅう音楽を聴いています。何かの役に立つと思うから音楽を聴いてるわけではないし、AKB48のファンになるのは役に立つからではありません。むしろ、仕事や勉強の妨げになると思うんです。

観光に行って古いお寺を見たり、温泉に行ったり、ディズニーランドに行ったりするのだって、何の役に立つわけでもありません。でも、そういうものには価値があると思われています。何の役にも立たないけれど、それ自体に価値があると思われていて、そういうことに金を使うために、働いたりしているんです。

　金で値打ちが計られるとしたら、たぶん一番高いものは絵や美術品です。一枚の絵が何億円もする。それこそ何の目的もありません。投資の目的で買う人はいますけどね。でも観賞用に買う人は、絵にはそれだけの価値があると思っています。一生懸命稼いだお金で、そういうものを買う。そういうものを手に入れるために働いて、最終的に目指すのはそういう何の役にも立たないものを手に入れることなんです。

　こう考えると、それ以上何の目的ももたないものこそ最も価値のあるものです。なずなの花が咲いているのを見るのだって、何の目的もありません。でも、そのこと自体に価値があると芭蕉は考えているんです。芭蕉にかぎらず、詩人や文学者が世界をどう見ているかというと、何かのために役立ててやろうと思って見てはいないんですよね。自分が生まれてきた世界はこうなっているのかと発見していくことが楽しいんだろうと思うんです。

目的を追求すれば幸福か

　でも、そういう楽しみを得るためには、食べていく必要があるので、収入を得るために働かなきゃいけないし、働くために服を買ったり電車に乗ったりしなきゃいけない。目的を設定して、その手段になる行動をする必要があります。

でも、それが達成されたら、そこから先にまた目的がなくてはならないと考える必要はありません。そういう状態になって、なずなの花とかが見えれば、それ以上何の目的ももたない状態に達していることになります。芭蕉みたいな人にとっては、それこそが価値のあることです。音楽を創る人にとっては、何の役にも立たない音楽それ自体が面白いんです。それが生きる意味と言っていいくらい重要なんです。そのような、それ以上目的をもたないもののために、人間は色々な行動をしているんです。

だから、ちゃんと食べていけて、生活していける状態になったら、それ以上、目的を設定する必要はありません。ちゃんと暮らしていけるのに、隣の家よりも収入が多くならなきゃいけないとか、今の二倍稼ぐという目標を掲げたりする人は、それが楽しいのかもしれないですけど、そういう目的をことさらに立てて視野を狭める必要はないと思うんです。

閉塞感というのは、「目的を立てなきゃいけないんだけど目的が分からない」という心理状態ですよね。そんなことよりも、目的なしで生きていくように人間を意識改革することも考えた方がいいんじゃないかと思うんです。

目的を立てているあいだは、人間は幸福とは言えません。目的を達成していないんですからね。目的を達成できなかったとなると不幸です。目的を達成できても、またすぐ次の目的が見当たらなくて、閉塞感に襲われるかもしれないんですから、どっちにしても目的を追求する人生は幸福とは言えません。

無駄

最近よく「無駄を省け」と言われます。そもそも無駄と無駄じゃないものを区別できるのはどうしてでしょうか。それは何らかの目的に照らしているからです。何らかの目的から見ないと、無駄かどうかは判断できません。ぼくらは、何かの目的に役立つかどうかで、無駄かどうかを判別しているんです。だから、なずなの花が咲いても、何の目的にも役立っていないので、何らかの目的を達成しようとしている人にとっては、無駄でしかない。目的を立てると、「無駄なもの」と「役に立つもの」の区別が出てきますから、目的を達成しようとすれば無駄を省くことになります。

現代は、政府も企業も国民もみんな無駄をなくそうとしていますよね。家族でもそうです。熟年離婚が増えてますけど、定年になって働かなくなった男は、何の役にも立たない存在になるので、無駄は省けと言われたら、真っ先に省かれてしまう。だから、ぼくは男は定年になったら家事を半分分担しろと言いたい。自分ではやってませんが。家事でも何でもすれば、少しは無駄じゃなくなるから。甘いでしょうか。

それより、家族同士で無駄だとか言わないでほしいと思います。いくら邪魔でもね。現に、子どもとかペットとか、何の役に立たなくても、邪魔だとか無駄だとか言わないで存在を認めてるんだから、夫の存在だって認めることもできるはずです。無駄をもっと許容する方向に意識を変えていかないと、生きづらくなります。とくに中高年の男は。

退屈

時間もそうです。最近は退屈な時間があまりないと思いませんか？　何もすることがなくて退屈する時間が子どものころはありました。だいたい小学生ぐらいの子どもは退屈しないものだけど、それでも退屈な時間があったんです。テレビもゲーム機もなくて、ビー玉やメンコみたいな戸外の遊びしかなかったので、雨が降ると退屈していました。

でも最近のぼくは、ちょっとでも退屈しそうになるとすぐにテレビをつけたり、本を読んだりする。外へ行くときはいつも本をもち歩いています。電車が五分でも立ち往生したら、できた空白の時間に退屈するんじゃないかと不安になるんです。電車の乗客も携帯を見たりしていて、退屈するということが少なくなっているように思います。

退屈を怖れる気持ちはだれもが強くもっているのか、退屈したときに時間を埋める手段が次々に考えられています。休日になると、旅行などの計画で自由な時間をびっちり埋めているから、退屈するどころではありません。しかも、そういう時間の使い方は、「英気を養うため」という目的のためだと考えられたりしますから、完全に無駄だというわけではないと意味づけられます。休日も、結局は仕事のためにあると考えるほど、何の目的にも役立たない時間は嫌われているんです。もちろん退屈するなんて無意味だと考えられます。でも、退屈するのも人生の一部ではないでしょうか。

人間は退屈するのを嫌って気を紛らわせる手段を必死で考えてきましたが、これはもしかしたらパスカルが言うように、「人間は自分の空虚さや惨めさに直面するのが怖いため、何もせずにじっとしていることができず、気を紛らわせようとする」のかもしれません。

動物も退屈することがあるらしくて、このあいだテレビでカラスが遊んでいるところを流していました。カラスが滑り台を何度も何度も滑り降りているんです。滑り台の上まで上っていっては滑り降りている。カラスは空を飛べるんだから、飛んでいれば楽しそうなのに、人間が遊んでいるのを真似して遊んでいるんですね。これはカラスにとっては何の目的もない行為で、遊んでいるんだと説明されていました。

　そのとき研究者の人がカラスの写真を紹介していたんですが、その写真は、シカの上にカラスが乗って、ちょうどシカの耳にささやいているような写真なんです。何をしているのかというと、カラスがシカのフンをシカの耳の中に入れている。フンを拾っては入れるというのを繰り返していたらしいんです。それも目的はなくて、遊びらしいんです。シカも、何事もないような平然とした態度なのでとても可笑しい写真でした。

　そういうカラスの遊びは、都会に住んでいるカラスにしか見られないらしいんです。都会に住んでいるカラスは、食べ物の調達が簡単なので、余った時間ができる。それで、そういう遊びを考えるらしいんです。目的はまったくないんですが、それこそ本当に貴重な時間だと思えます。食べるのに汲々として一生を送るなんて、何のために生まれてきたのかと思ってしまいます。

　坐禅をすると、じっと座って何も考えちゃいけないと言われます。それは究極の退屈状態だとも言えます。何もすることがなくて、携帯も本も見ることができないし、プロ野球のことを想像することもできない。それでも、一回でもやってみると分かりますが、坐禅をすると気分がスッキリするんですよ。

それに似ていますが、神経症の療法で、森田療法っていうのがあります。これは昔考案された療法なんですけど、神経症の人を布団に寝かせて、何もしちゃいけないって言うんです。何日間もそうやって放置する。患者は最初のうちはすごく苦痛でしょうが、そのうちにだんだん観念してきて、治っていく人がいるらしいんですよ。

そういう療法があるということは示唆的じゃないかと思うんです。人間は、何もすることのない状態を怖れていて、それから逃れることばかり考えているんですが、坐禅のように、あえてその中に飛び込んでしまうと、意外に気分がすっきりするんじゃないでしょうか。何もすることのない状態って、それほど怖がらなくてもいいのかもしれません。

暇の重要性

昔の人は、食べていくだけでも大変だったと思うし、夜は電気もなかったから、あまり仕事はできなかったと思えますが、とんでもない仕事をした人がかなりいます。たとえば、ゲーテですが、ゲーテ研究者でもゲーテ全集を全部読んだ人はいないと言われるくらい、たくさん本を書いています。それよりたくさん書いているのはアウグスティヌスだと言われていて、アウグスティヌス全集は膨大だと言われています。電気もない時代にそれだけ書くってすごいと思うんですが、テレビも携帯もなくて何もすることがなかったからこそ、それだけ書けたとも言えます。

こういう例を見ると、何もすることがない状態は、そんなに忌み嫌うものではないかもしれません。現代のわれわれは、テレビが一日故障しただけであわてるし、本もテレビも音楽もなかったら、何をしていいか分からなくて不安になります。昔の人は、そういう時間が長かったんでしょうね。そういう何の役にも立たない時間こそ、創造的なことができるのかもしれません。

出版社が有名作家や流行作家を「カンヅメ」にするのも同じだと思います。ホテルの一室に閉じ込めて、食事は出るけども、そこから出てはいけない状態にする。そうすると、気を紛らわせるものがないので書くしかない。そういうときに、新しいことを考えつくことができるんです。

学問もそうです。暇がないと学問は絶対にできません。芸術や学問は、古代ギリシア人がはっきり意識していたように、暇の中からしか生まれないんです。

学問や芸術とは関係ありませんが、ぼくが子どものころは、木でできた電柱があって、防腐剤にコールタールを塗っていました。その電柱の表面のささくれ具合を小学校の行き帰りによくじっと見ていました。垣根の葉っぱをちぎって匂いを嗅いだりしていました。そんなことをしても何の役にも立ちません。電柱を観察して何かが得られるわけでもないし、発見があるわけでもない。でも、そのときの手触りや匂いはいまだに残っています。

乳母車に乗せられた幼児は、乳母車の角をじっと見ていたりします。何かの役に立つわけではありませんが、何もすることがなければ、そういうことでもするんです。それはそれで、充実した時間だったように思えます。仕事に夢中になっていたときや、試験で一生懸命になって問題を解いたときの思い出よりも、はるかに楽しい思い出になっています。取り立てて何もすることがない時間がなければ、電柱の表面なんか観察したりしませんからね。電柱の表面だって見ると面白いんです。なぜ電柱の表面は価値がないとか、くだらないと思うのかというと、それは何か目的を立てているからです。目的達成には電柱の表面は何の役にも立ちませんからね。

もっとも、親としては、子どもを一人で食べていけるようにしたいと思うので、子どもがそういうものにばかり興味をもっていたら、そんなくだらないことはやめろと言うでしょうね。でも、ある程度食べていけるようになって暇ができたら、思う存分電柱を見てもいい。カエルが飛び込む音も、雑音としてだけじゃなくて、芭蕉のように、聞くに値する、味わうべきものとして聞くこともできるんですが、何か目的を達成しようとして一生懸命になっていたら、そういうものに注目する暇もなくなります。それでは人生の豊かな面を見逃すことになると思います。それを見逃して、充実した人生だと言えるのか、幸福と言えるのか、疑わしいと思います。

こう考えると、目的がないと充実した人生は送れない、幸福になれないとは言えないように思えます。

❸ 欲求と感情

欲求を知るのは難しい

最近、欲望第一主義が横行しています、多くの若い人は、自分が何を欲しているのかを知りたがっています。それを知れば充実した人生を送ることができると考えているんです。何を欲しているかを知るのは、ある意味では簡単です。おいしいラーメンが食べたいとか宝くじが当たってほしいとか。でも若者はそういうことを知りたがっているわけではありません。一生を通じて満たすべき欲求が何なのかを知りたがっているのだと思います。

そういう欲求は簡単には分かりません。そもそも一生を通して求め続けるような不変の欲求って、あるんでしょうか。ぼくは色々なものを欲してきました。今は、レーヴェンハイム・スコーレムの定理という論理学の定理の哲学的意味を知りたいと思っています。たぶん研究者はみんな、そういったたぐいの欲求をもっていると思います。

でも、こういう欲求は、ある程度勉強しないと生じません。学生時代にはそういう欲求をもつとは夢にも思いませんでした。欲求というものは時期によって経験によって変わるものです。だから、自分が一生を通してもち続ける欲求はあまりないし、ふつうの場合は、一生を通して何を欲しているのか、何を欲することになるかは簡単には分かりません。

どんな欲求をもつかは、かなりいいかげんなことで決まるように思います。ちょっと見て「カッコイイな」と思えば、そういう人になりたいと簡単に思ってしまいます。ぼくは子どものころ、相撲取りになりたいとか、プロレスラーになりたいとか、鞍馬天狗になりたいと思っていましたけど、それは深い理由があったわけではなく、ただ「カッコいいな」と思ったからです。実際になろうとしたら厳しい鍛錬が必要で、そんな鍛錬に耐える根性もないのに、簡単に「あんなふうになりたい」と甘く考えてしまうんです。もっとも、そういう希望は現実を知ると簡単にあきらめることもできるので被害は少ないんですが。

欲求というものは変わりやすいものです。ぼくは子どものころから学校が嫌いで、学校なんか行きたくないと思っていました。大学に入ったときは、これ以上、学校に行かなくてすむということがうれしかったぐらいです。でも結局、六十年間学校から離れることはありませんでした。

哲学だって嫌いでした。大学に入ったときは官僚になって、人生を楽しく暮らしたいと思っていました。官僚になると本当に楽しいのか、何も知らないんですけどね。哲学への欲求なんかまったくありませんでした。当時はやっていた哲学的な本を読んでも二、三ページでイヤになってしまい、哲学なんか絶対にやりたくないと思っていました。それなのに人生を哲学に捧げる結果になりました。このように、欲求というものはどんどん変わり、自分でも予想できません。

一生を通して変わらない欲求は、たぶん食欲や性欲など動物的な欲求ぐらいのものだと思います。それを除けば、自分が何を欲しているかは簡単には分からない。しかも、ある程度やってみないと、もっとやりたいと思うかどうか自分でも分からないんです。すぐに飛びつくようなものは飽きやすくて、最初はとっつきにくいと思うことの方が、やっているうちに面白さが分かって飽きが来ないことが多いから、よけい始末が悪い。

欲求というものは経験を積んでいく中で、自然に生まれるものだと思います。自分の心を観察すれば、自分が何を本当にしたいのかが分かるといったものではないんです。ましてだれかに教えてもらうようなものではありません。

欲求を満たすべきか

問題はそれだけではありません。自分の欲求がはっきり分かったとしても、それを満たすべきかはまた別問題です。たとえば万引きの欲求があればそれを満たすべきでしょうか。暴飲暴食したければそれを追求すべきでしょうか。欲求には満たすべきではない欲求と、満たすべき欲求があるんです。欲求があるからといって、自動的にそれを満たさなくてはならないという結論は出てきません。だから、たとえ自分の欲求が分かっても、それを満たすべきかどうかという問題が待ち構えています。

ぼくらのもっている欲求は多数ありますが、そのどれを満たすべきかということこそ、考えるべき問題です。実際、おいしいものを食べたいという欲求とやせて美しくなりたいという欲求のどちらを満たすべきなのか、身体を鍛えて丈夫になりたいという欲求と鍛錬をサボってラクをしたいという欲求のどちらを満たすべきなのか、簡単には解ける問題ではありません。でもその問題を解決しないと、どう行動すればいいのかは分かりません。だから、欲求が分かりさえすれば生き方が決まるというわけではないんです。

だいたい、欲求があれば自動的に実行するというのでは、プログラムされた通りに動くロボットと同じです。ロボットになりたいと思う人がいるでしょうか。現に、まわりを見ても、ぼくの言うなりになるような人は一人もいません。こう考えると、自分がどんな欲求をもっているかが分かりさえすれば、どう生きるべきかが決定できるとは言えないと思います。

そもそも欲求というものはそれほど大事なものなのでしょうか。最近、欲求に価値を置かず、「無欲であれ」とか「無欲っていうのは素晴らしいことなんだよ」と教える人はいません。ぼくが子どものころも、「競争心をもて」とか「競争心が足りない」と親に言われていましたが、「無欲であれ」と言われたことがありません。ただ、ようかんを分けるときに、無欲になれと妻に言われるぐらいです。

欲が深いということは醜いことです。以前、学生が研究室にやってきて、「先生、まんじゅういりませんか」と聞いてきたんです。こういう質問なら自信をもって答えられますから、「うん」と言おうとしたら、その矢先、その学生が「もし先生がいらなければ、私たち学生が一人二個ずつでちょうどぴったり合うんです」と言ったんです。やむなく、「もってけ、ドロボー」と言うしかありませんでした。

一人二個ずつでちょうどいいなら、一人一個ずつにすればぼくにも取り分ができると思うんですけど、強欲にも一人二個ずつ取ろうとしているんです。しかもそのまんじゅう、ぼくが人にいただいたものなんです。それをできるだけ多く自分のものにしようとする態度は醜い。もしその学生が無欲で、「私の取り分が二個あるんですけど、全部先生に差し上げます」と言ってくれたら、八方丸くおさまったんですけどね。その学生は、自分の欲求を捨てるということがどんなに美しいか、まんじゅう二個よりどれだけ価値があるかが分かっていないんです。

要するに、欲求があれば自動的にそれを追求すればいいというものではないんです。自分の欲求を知ろうとするよりも、むしろ、欲求にそれだけ価値があるかどうかを考えてもらいたいと思います。

現代とは正反対の考え方

欲求を大切にするのとはまったく逆の考え方をしていた時代もありました。たとえば「武士道と言うは死ぬことと見つけたり」と書いた武士もいました。だれでも死は怖いものです。死への恐怖の感情とか、生存への欲求といった、非常に基本的な感情や欲求を無視しろと言っているんです。

古代ギリシアでは非常にはっきりしています。ソクラテス、プラトン、アリストテレスといった哲学者たちはいずれも、感情や欲望は尊重すべきものではなくて、制御すべきものだと考えました。そして感情や欲望に支配されているかぎり、人間は幸福になれないと考えました。

こういう哲学者は、どうすれば立派な人間になることができるかという問題に歴史上初めて真剣に取り組んだ人たちです。真剣な考察の結果、彼らは人間を動かすのは理性でなくてはならないと考えました。

人間は理性を使ってこうすべきだと判断して、それに欲求を従わせるか、それとも理性の方が欲求の奴隷になるかどちらかだが、もし欲望の奴隷になるなら、動物と同じになってしまうと彼らは考えました。現代的に言えば、プログラムされた通りに動くロボットと同じことになってしまう。実際、もし病人が欲望のままにほしいものを食べていたら病気が悪化してしまいます。本当に身体にいいのは何なのかを理性的に考えたら、欲望を抑えなくてはならないんです。

考えてみれば、われわれだって、病気を予防したり、ダイエットするために、欲望を抑えていますし、どんなに欲望に反しても、手術を受けたり、歯医者で歯を削ってもらったりしています。もし欲望の方が理性に打ち勝って、好きなものをほしいだけ食べて運動もしなかったり、勉強をサボって遊びたい欲望に負けたり、欲望に負けて万引きしたりすれば報いがくることを覚悟しなくてはなりません。

尊敬される人の条件

プラトンは、健康のことにかぎらず、何が自分にとって本当にいいことなのかは、理性だけが決めることができると考えました。それは欲望が決めることではない。欲望も感情も、理性によって何が自分にとって本当にいいことかを判断して、それに従わせるもの、コントロールすべきものだと考えたんです。

実際、現代のわれわれも、身体のことや勉強や仕事のことで欲望をコントロールしなくてはならないと考えていますし、「物欲のかたまりだ」とか「金まみれだ」とか「ヒステリックだ」とか「感情的だ」と言われるような人は尊敬されません。むしろ軽蔑されます。あまりにも感情や欲望が強すぎる人は、治療の対象になったりします。

それればかりではありません。尊敬される人間のタイプは、昔も今も変わりません。現代でも尊敬される人間のもっている資質は何かというと、たとえば勇敢さがあります。勇敢さとは、恐怖に打ち勝つことです。恐怖という感情をコントロールしないと勇敢にはなれません。今の日本のように平和な毎日が続いていても、勇敢な人間は尊敬されて、臆病な人間は軽蔑されます。

東日本大震災のときにも、勇敢な人が世界中の尊敬を集めました。臆病な人間が恐怖の感情に負けるのに対して、勇敢な人は、恐怖の感情をコントロールできる人なんです。恐怖に打ち勝つのは簡単なことではありませんが、だからこそよけい尊敬されるんです。

また、古代ギリシアと同じように現代でも、節制がきいている人は尊敬されます。節制とは、欲望に流されないということです。たとえば、女狂いをする人も、食欲を抑えられない人も、私利私欲に走る人も尊敬されません。そういう欲望を抑えることができる人が今も昔も尊敬されるんです。

さらに、気前のいい人や太っ腹な人も好感がもたれます。こういう人は自分の損得にこだわらない人です。人間はほうっておくと、自分の利益を守ろうとします。自分の所有欲が強いかぎりは、気前よくできません。気前のいい人は、自分の欲望を抑えることができる人です。電車の中で席を譲る親切な人は、自分の欲望を抑えて他の人を守ろうとするから、尊敬されるんです。欲望のままにふるまえばラクな方を選びますから、席を譲ることはできません。

このように、どんな人が尊敬されるのかを考えてみると、今も昔も、自分を大事にする人はだいたい軽蔑されるのではないかと思います。臆病な人とか、狭量な人とか、自己中心的な人やケチな人は嫌われますが、そういう人たちに共通しているのは、自分を他人より大事にするという態度です。

逆に、尊敬される人は、自分にこだわらない、自分を大事にしないような人だと思います。勇気がある人は、自分の命を危険にさらす人です。気前がよかったり、太っ腹だったりするのも、自分の利益を大事にしない人です。自分を大事にして、自分の健康に気を使いすぎる人も尊敬できません。

結局、どこで尊敬できるかできないかが決まるのかというと、自分を大事にするかしないかだとぼくには思えます。この場合、「自分を大事にする」というのはどういうことでしょうか。「自分を大事にする」というときの「自分」というのは結局、自分の感情や欲望です。

自分を大事にするとは、自分の感情や欲望を何よりも優先するということです。感情や欲望を優先するか抑えるかという違いが尊敬されるかどうかの分かれ目になっていると思います。

現代でも、欲望や感情を抑えることができる人が本当に尊敬できる人だと実際に認められているんです。それなのに現代では、人間の感情や欲望は尊重しなきゃいけないと考えるんだから、不思議です。

中庸のススメ

古代ギリシアの哲学者はこういうことを徹底して考えました。アリストテレスは、尊敬される立派な人間の性質を分析して、「中庸」かどうかが立派かどうかを決めると主張しました。中庸というのは「中間」、「適度」ということです。たとえば、恐怖の感情が過度になると臆病になりますが、恐怖の感情が不足していると無謀になってしまいます。恐怖の感情がまったくなかったら、高いところも平気で歩けますし、青酸カリも平気で飲めますが、そういう無駄に死ぬような人は尊敬されません。過度でも不足でもなく、ちょうどいいくらいの恐怖の感情をもっている人が勇敢だとして尊敬されるんだとアリストテレスは言っています。

節制も中庸の一種です。欲望が強すぎて、欲望の言いなりになる人は尊敬されないし、欲望がまったくない人も尊敬されない。まったく欲がなかったら、食べ物も食べないでしょうからね。だから、ある程度の欲はもっていなくてはいけない。必要な欲求を必要な程度にもっているというのが節制です。節制といっても、完全に欲望がないということではなくて、適度な欲をもっているということなんです。

気前がいいというのも中庸の一種です。お金に対する欲望が強すぎるとケチになります。金銭欲がまったくなければ、すぐに破産してしまう。気前がいい人は、適度の金銭欲をもつ人です。親切というのも同じです。自分を他人より大事にする欲望が強すぎると利己的になります。その欲望が足りないと、自分の財産や健康から命まで他人のために簡単に失ってしまう。その中間、過度でも不足でもない、自分を大切にする適度の欲望をもっている人が親切な人です。

このように、欲望とか、恐怖や喜怒哀楽といった感情を適度にもつことが、人間が立派であるための条件だとアリストテレスは分析しました。ところが、中庸というか適度というのを達成することは難しい。両極端なら目指しやすいんですけど、中庸、中間といった、中途半端な状態は非常に目指しにくいんです。何よりも、感情や欲望をコントロールすることはほとんど不可能に思えます。ギリシア人も、それが簡単なことではないと自覚していました。ではどうすれば中庸を達成できるんでしょうか。

アリストテレスは、子どものころから訓練する必要があると主張しました。子どものころから長い時間をかけないと、欲望や感情を制御するようにはなれないと言うんです。ギリシア時代にはしょっちゅう戦争をしていたので、恐怖心を少しずつ経験させて、それを克服する練習をさせなくてはならない。そうやって感情も恐怖も飼いならさなくてはならないと考えたんです。

現代では、感情や欲望は制御不可能だと思われていますから、「ぼくは臆病だから、そんなことはできません」と言ったりします。ギリシアと違って、臆病か勇敢かははじめから決まっていると考えています。でもペットでさえ、我慢を覚えさせるとか、感情を抑える訓練をさせたりしていますからね。

人間は、ちょっとしたことですごく立派にもなるし、どこまでも悪くなる存在です。自分の妻とか夫とかは、どうやっても変わらないと思うでしょうけどね。でも人間は本気でよくなろうと思ったらどこまでもよくなる余地があるんです。

ギリシア人は、人間として生まれるということはどういうことなのか、ということを強く意識した民族です。神でもなく動物でもなく人間として生まれてきたのはどういうことなのかを常に意識して、人間は神と動物の中間にあって、どっちにも近づくことができる存在だと考えていました。

人間の性格も、感情や欲望をどの程度制御するかによって決まります。自分勝手な人、勇気がある人、親切な人、そういう人間の性格も初めから固定的に決まっているわけではありません。性格は、そのときどきの行動の積み重ねで決まりますが、そのときどきの行動は、日ごろの訓練によって変えられます。だからこそ自分の努力や教育によって性格はかなり変化すると思うんです。長い時間がかかりますが、それだけ人間は変わる余地がある。場合によっては、とてつもなく善い人間にも、とてつもなく悪い人間にもなる可能性があるんです。

今でこそ自分はろくでもない人間だけど、本当はものすごく立派な人間にもなれるんだ、と思えば希望がわいてきませんか？　ただ、そう考えると、希望どころか、よけい情けない気持ちになるのはぼくだけでしょうか。

男の教育

昔対談したある女の人は、電車の中で席を譲らない男がいると、自分の息子に、「あの人を見てごらん。みっともないでしょう？」と言って教えていると言っていました。もちろん自分の子どもには絶対に座らせないと言っていました。信号を渡るときに老人がよろよろしていたら、それを助けないと叱るとか、そういう教育をしているんです。とくに女の人にやさしくしなきゃ絶対にダメだと厳しく教えているらしいんです。

その人の話では、女から見るとロクでもない男ばかりだと。決断力がなかったり、すぐに弱音を吐いたり、女に甘えたりして、みっともないことはなはだしい。なぜそういう男になるかというと、その男の母親に原因がある。母親は女だから、女から見れば男のどういうところがみっともないかは一番はっきり分かるはずです。男は何も気がつかないから、何も知らないでやっているかもしれないけど、女なら、これはみっともないとか、みっともないくせに威張りたがるのはもっとみっともないとか、だれよりも気がつくはずです。みっともない男の母親だって、男のみっともない点はいっぱい気がついているはずなんです。それなら、自分の子どもを育てるときに、どうしてちゃんとした男に育てないのかと言うんです。

自分には何の能力もないくせに女を蔑視したり、「女はこうすべきだ」と説教する男などどうしようもない。そんなことは子どもの頃から教育しなくてはならないのに、それを一番分かっているはずの母親がちゃんと教育していない。電車の席だって他人を押しのけてでも自分の息子を座らせたりする。それは猫かわいがりしているだけで、成長して他の女にどう思われるかということをまったく考えていない。母親自身、ずいぶん男に迷惑をこうむっているに違いないのに、自分の息子が成長して迷惑をかける相手は他の女なんだからかまわないと思っている。だから女に軽蔑される男しか出てこない。ぼくも親の教育のせいでこうなったんだと思います。

その人は自分の息子には、ちゃんとした人間になるように子どものときから叩き込んでいると言うんです。

最近は、立派な人間になりなさいと教えることはあまりありません。実際、立派な人間になっても、それだけで食っていけるわけではありませんからね。でも、自分の子どもが軽蔑される人間になってほしいと思う親はいないと思います。

迷惑な男、迷惑な人間を出さないためにも、社会をあげてこういう教育をするようになってほしいものです。

第5章

どうやって笑うか

一面性

すでにお察しだと思いますが、ぼくの生活は幸福な生活とは言いにくい。だいたい、ぼくには苦手なものが多すぎるのではないかと思うんです。まず家が苦手です。それなのに帰るところは家しかない。家に帰るとなぜか妻がいる。妻も苦手です。働くのも苦手なのですが、収入がなくてホームレスになるのも苦手です。文章を書くのも苦手です。五十歳で初めて本を出したんですけど、それまで論文しか書いたことはありませんでした。それほど苦手なのに無理やり書くものだから、人一倍苦労します。人一倍苦労しているのに本は売れません。また、趣味でジャズピアノを弾いているのですけど、それもまた苦手だときています。

これだけならまだいい。今後のことを考えると、今でさえ乏しい体力がどんどん失われていく一方だし、頭はだんだんボケる一方で、急に文章が上達するということもありえず、妻の性格が急によくなるということも考えられません。先のことを考えたら、何にも明るい材料はないと思うんです。先日何が望みか考えたんですけど、一番の希望は苦しまないで死ぬことでした。

でも、ぼくの場合は、不幸といえば不幸なんですけど、これぐらいの不幸でまだ止まっています。それどころか、そういう不幸な状態を考えるとなぜか笑えるんです。自分でも不思議なんですけどね。

同じ境遇でも、今以上に不幸になろうと思ったらいくらでも不幸になることができます。というのも、ぼくは考え方一つでもっと不幸になることがあると思っているからです。ぼくよりもっと恵まれた生活を送っている人でも、その人の考え方によっては非常に不幸になってしまうということがあるのではないかと思います。

考え方で不幸になってしまう典型的な例は、「一面的なものの考え方」です。

今まで言ってきたことをまとめると、結局は、一面的なものの見方からの脱却が重要だということに帰着します。偏った先入観とか、誤った推論とか、能力や欲望の重大視とか、いずれも最終的には一面しか見ないという誤りに帰着します。

ここで、一面的な見方がどんなものかを説明します。

哲学的な疑問かもしれませんが、「人生は無意味なのではないか」と考える人がいます。哲学者の中にもいます。そういう考え方をしていると、どういう生活をしていても、幸福だという気持ちにはなれないのではないかと思いますが、では、なぜ「人生は無意味だ、生きるに値しない」と考えるのか、その理由の一つを考えてみます。

今日一日何をしたか振り返ってみると、朝起きて満員電車に揺られて会社に行って、時間まで机にへばりついて、終わったら、また満員電車に揺られて家に帰って、ビール飲んで、野球見て、風呂へ入って寝る。だいたいがそういう一日だ。そういう一日をふり返ってみて、何か意味があると言えるのか。こういう生活を毎日いくら積み重ねてもそこから意味が出てくるはずがない。人間というのは、みんな多かれ少なかれ同じようなことをやっているだけではないか。だから生きることには意味がない。

この主張はよくなされるんですが、これは間違っていると思います。人生というのは、満員電車に揺られて、机にへばりついて……という側面があることは事実です。でも人生はそれがすべてではありません。それはたんなる一つの側面であって、ほかの側面が無数にあると思うんです。たとえば、朝起きて顔を洗おうと思って鏡を見ると、顔色は悪いし、目は血走っているし、歯を磨くと血が出るし、歯磨きのチューブのキャップが洗面台の排水口に入ってしまう（なぜか排水口はキャップが入りやすく作ってあります）。顔を洗うこと一つ取っても、そのような出来事がたくさん起こっています。

駅まで歩いているあいだにも、電柱にぶつかったり、転んだり、犬に吠えられたり、何も不幸なことが起こらない日もあったり、花屋のバラがしおれそうだったり、考えてみればそういう出来事が無数にあります。でも、先ほど挙げた「同じような毎日」という考え方は、そういう出来事を無視して単純化しています。

前にも言いましたが、「よく見ればなずな花さく垣根かな」という芭蕉の俳句にしても、芭蕉にとっては、それが俳句にして残しておかなければいけないと思えるぐらい、人生の中で非常に重要な出来事です。「人生というのは満員電車に揺られて……」という描写は、芭蕉が重要だと考えた人生の側面を完全に無視しています。

人生には無数の側面というのがありますから、その中でも一番つまらなそうに見える側面だけを取り出して、できるだけつまらないように描写してみせる、というやり方をすることもできるわけです。これは決して公平な描写の仕方ではありません。自分の主張に都合のいいように、つまらないものだけを意図的に選び出す描写なんです。

他にも描写の仕方は多数あります。無数にあると言ってもいい。たとえば、小説も人生の一つの側面を描写したものと言うことができます。小説は無数といっていいぐらい書かれていますが、どれも人生の側面をそれぞれに描写したものだと言うことができます。ドラマだって、たとえば、『トゥエンティ・フォー』というアメリカのドラマがありますね。ジャック・バウワーという主人公の身に、二十四時間のあいだにものすごく危険なことや、ハラハラすることとかいっぱい起こって、その主人公の一日を見るだけでも何日もかかるぐらい、過激な出来事が次々に起こります。それも一つの描写の仕方です。人生なんてつまらないという人も、『トゥエンティ・フォー』を見て、「ほら、毎日こんな危機的状況が次々に起こり続けるのが人生なんだよ、だからつまんないだろう」とは言わないと思うんです。

「人間というのは朝起きて、満員電車に乗って……」という描写の仕方は、人生をつまらないと思っている人が自分の主張に都合のいい側面だけを証拠として拾い出して拡大しているだけです。そういう描写は人生を客観的に描写しているわけではないんです。

都合のいい描写

実際には客観的な事実についての主張ではないのに、一見すると客観的事実について主張しているように見える例はよくあります。たとえば、ぼくがお茶の水女子大学に勤めていたころは、学生はみんな女性なので、友人から「お前いいな」とうらやましがられていました。「毎日キャバクラにいっているようなものだ」と言って。ぼくの方も「いや、キャバクラならお金を払って話をさせてもらうんだけど、ぼくは話をしてお金をもらっている」と言ってうらやましがらせていました。

たしかに女の人と話をするという側面では女子大とキャバクラは似ているかもしれません。でも実際には、大学ですから、そんな側面だけではありません。ほかにも多数の側面があるんです。ちゃんとしたことを教えなければいけないし、ちょっとでも間違ったことを言うと、すぐ突っ込まれますし、ぼくが「自分が間違っていました」と誤りを認めると、鬼の首を取ったような顔をされる。服装も言葉遣いも態度も厳しく批判されます。しかも女子学生はヒイキということに敏感です。だから授業するときも、視線を特定の人にかたよらせないように、まんべんなく回さなくてはいけない。それだけでもかなり神経を使います。ちょっと油断してしゃべっていると「女性蔑視だ」とか、「セクハラだ」と言われたりする。

そういう側面がいっぱいあるにもかかわらず、そういう側面は無視して「キャバクラみたいだ」と言われるんです。女子学生と話をする点ではキャバクラと同じですけど、キャバクラとは大きく違う面もいっぱいある。それなのに「女がいっぱいいる」という一つの側面だけを拡大して単純化しているんです。その友人が銀行員だったので、「お前だって毎日お金に囲まれているじゃないか」と言い返しました。

自分に都合のいい側面だけにスポットを当ててそれを拡大するやり方に気がついたのは、テレビでスポーツバラエティー番組を見ていたときのことです。高校生ぐらいの男女のカップルがいて、男の子が「ねえ、バスケ見にいこうよ」とバスケットボールに誘っている。女の子はバスケットボールにまったく関心がなくて、「バスケなんかつまんない」と言うんですけど、男の子はバスケがいかに面白いかということをずうっと力説するんです。すると、女の子が最後に「だってバスケってただ体育館の床をダンダンいわせているだけじゃない」と言った。

たしかに、バスケットボールには床をダンダンいわせるという側面があります。でも、それがもちろんバスケットボールの本質ではないし、すべてではない。息詰まるようなスリルのある試合だってあるだろうし、面白い側面もいっぱいあるのに、そういう側面は一切無視して、「床をダンダンいわせる」という面だけがバスケットボールのすべてであるかのように描写しているんです。でも他の側面を描写することもできるんです。手に汗握るバスケットボール小説だって一つの描写です。つまらないということを強調するために、床をダンダン言わせるというつまらない側面だけを取り出して、つまらないという主張を補強しようとしているんです。

こういう、「自分に都合のいい側面を選び出して、それがすべてであるかのように描写して、それを根拠にして何かを主張するというやり方」は色々なところでなされています。このやり方を使えば、自分がつまらないと思うものがあったら何でも、自分の都合のいいように議論を組み立てることができます。たとえば、映画が嫌いだったら、「映画なんて最初にタイトルが出て、本篇があって、エンディングが出るだけのものだろう」と言えます。ミステリー小説が嫌いなら、「だれかが殺されてその犯人を当てるだけのものだ」と言うことができます。「事実」を挙げる時点でもうすでにつまらないという面で選び取られたものばかりが並べられているわけですから、そこから「つまらない」という結論を導いても、それは「つまらないゆえにつまらない」と主張するのと変わりません。

一面的人生観

こういうやり方は、一見哲学的に見える主張の中にもかなりあります。たとえば「鮭の一生」をテレビ番組で見るとよく感じるのですけど、鮭は川で生まれて海に出ていき、海で大きくなって、また川を遡って産卵して、そこで死ぬというのがだいたいの鮭の一生です。そういうのを見ると、鮭はたぶん子孫を残すために生きているだけだ、と思えます。そして、考えてみれば空しいよね、いくら子孫を残したって鮭が絶滅するときというのはやがてくるし、地球だって消滅する。そうしたら何のために鮭というのは生きているのかと、考えてしまいます。

考えてみると、人間だって同じようなものです。どこかの宇宙人が人間を観察してテレビ番組を作ったとします。地球という星には人間というやつらがいて、彼らはどういう一生を送っているかというと、生まれてから一人前になるのに膨大な時間と労力を必要とする非常に劣った種で、そうやって一人前になっても、することはロクでもないことばかりだ。年頃になると女は化粧やファッションを工夫して男の目を引こうとし、男は女にもてようとして、お金を稼いだり、ボディービルをしたりして自分の遺伝子を残そうとしている。そうやって悪戦苦闘しながら死んでいくけれども、やがて人間にも絶滅するときがくる。かわいそうなものだ。こういうテレビ番組を作ってもおかしくないと思うんです。

でも、これも偏った単純化だと思うんです。人間の一生には子孫を残すという側面もあるのはたしかでしょうが、それがすべてという単純なものではない。無数の小説や俳句やドラマが書けるほど多様なんです。そういうことをすべて無視して、子孫を残して死んでいくという側面だけが人間が生きることのすべてだと考えるのは一面的な見方です。

これに似たような例は多数あります。「悠久の宇宙と比べたら、人生というのはほんの一瞬にすぎない」と言われることがあります。たしかに無限の時間と比べれば、人生は一瞬にすぎません。でも、よく知らないまま言うんですけど、素粒子みたいなもので、ナノ秒単位で消滅してしまうようなものがあるとすると、そういう粒子と比べれば人間の一生は無限に近いぐらいの膨大に長い時間だと言うこともできます。宇宙の無限の時間と比べればものすごく短いけれども、ものすごく短い時間から比べればものすごく長い。人間の一生は「両方の側面」をもっているのではないかと思うんです。

空間的にもそうです。無限の大きさから比べれば人間はものすごくちっぽけなものですが、ものすごく小さいものと比べればものすごく大きいものです。それを一つの側面だけを取り出して、人生は一瞬に過ぎないとか極小だと決めつけるわけにはいきません。

人生には最低でもそういう「二つの側面」がある。多くの場合、われわれは都合のいいほうを選んで、人生ってこんなものだとか、人間の大きさというのはこんなものだと決めつける傾向があるように思います。

「人間が死んだり生まれたりするというのはいったいどういうことか」という問題にしても、人間の生死は「原子の離合集散」に他ならないと考えられたこともあります。原子が集まって、われわれ人間になっているだけのことなんだと。たしかにその通りだろうと思います。そういう「側面」はあるかもしれませんが、それが人間が生きたり死んだりすることのすべてではありません。

一面的なものの見方になるとき

人間は一面的になりやすいんですけど、とくに「自分の欠点」とか、「自分の不幸」が問題になると、ある一面だけを取り出してそれを拡大する傾向があるように思えます。他人の不幸なら比較的冷静に見ることができるのですが、自分に不幸が襲ってきた場合、たとえば受験に失敗したとか、ガンの宣告を受けたとか、異性にフラれたといった不幸な出来事に遭ったとき、その不幸な出来事が人生のすべてであるかのように思われて、自分は不幸のかたまりだとか、人生が真っ暗になったように思えてしまう。そういうことはよくあります（ぼくだけではないでしょうね）。あるいは、自分の中に何か気になるような欠点があったとすると、その欠点のことをずっと気にしてしまう。

昔テレビで、容姿をはじめかなり欠点の多そうな女の人に、インタビュアーが「あなたの欠点は何ですか」と聞いたら、「小指の形が……」と言っていました。それ以前に気にすることがいっぱいあるだろうに、と思ったんですが、でもその人は小指の形がすごく大きい欠点だと思っているんです。そしてその人は小指の形というものにだけスポットを当てて、それが自分のすべてであるかのように誇張して考えているんです。

ちょうどハゲの男が、ハゲを非常に気にするのと同じです。ハゲが自分のすべてだと思ったり、中にはもっと都合よく、ハゲが自分の欠点のすべてだと思い込んだりします。そして、ハゲでさえなかったらモテまくるはずだとまで妄想してしまう。でも実際にはそれより大きい欠点が他にいくつもあるのがふつうです。このように、自分の気になる欠点を拡大してしまうんです。

「人間の舌は虫歯のところへ行く」というような意味の諺がどこかの国にあります。健康な歯はたくさんあるのに、一本しかない虫歯にばっかり舌で触ってしまう。とくに欠点や不幸については、そう考える傾向が強い。だからそういう人を慰めるときには、「あなたは一面的になりすぎているよ、あなたが見ているのはほんの一面にすぎない。他にもたぶん欠点はあるし、それだけではなくていい面もあるよ、たぶん」といった趣旨のことを言うんです。

慰め方

　ほとんどの場合、慰めるということは、他にもいろんな側面があることに気づかせるということです。たとえば、フラれた男に対して「女なんてあの女一人だけじゃない。他にもいっぱいいいるじゃないか。チャンスはまだいっぱいある」と慰めることがあります。これは特定の女に向いている意識をもっと広げることを促すもので、悩む人が一面的になっているのを脱却させようとする慰め方です。

　それから、「お前一人が悪いのではない」「悪いのは親だ、社会だ」という慰め方もあります。自分を責めて苦しむ人に対しては、他にも責任者がいることを指摘して、自分一人を拡大している一面性を乗りこえさせようとするものです。

　また、責任を分散させる効果を狙って、「人間っていうのはそんなものなんだ」とか、「だって人間だもの」という慰め方もあります。つまり、お前一人じゃなくて、人間ならだれでもそうなんだということを指摘するんです。これも自分一人にしか向いていない意識を人類全体にまで広げるから慰めになるんです。

　それから、「そういうふうに悩んでいるけど、見ろよ。鳥はさえずり、空は広いし、雲は白くて、水はサラサラ流れているじゃないか」と言って、そういうところへ意識を向けさせる慰め方もあります。どうしてこの指摘が慰めになるんでしょうか。悩んでいる人はある事柄を拡大してそれがすべてであるかのように思っています。それ以外のところへ目を向けさせて、他の側面もあることを気づかせると、一面性から脱却することができます。

実際、自分が小さい、細かいことに気持ちを奪われて、それがすべてだと思っているけれども、他にも小鳥の生きている世界やアリの世界や樹木の生きている世界など、色々な世界があることに気がつくと、自分の考えていることが一面的だったと気づかされます。いろんな面があるんだということに気がつくだけで、深刻な悩みから救われるんです。そうやって一面的な見方から脱却することが慰めになるんだと思います。

このように一面性からの脱却がしょっちゅう必要なのは、それだけ人間が一面的になりやすいからです。ちょっとした不幸でも簡単にそれが人生のすべて、世界のすべてであるかのように拡大してしまうんです。だからその一面性からいつも脱却する努力が必要になるんです。

ユーモアのセンス

われわれは一面的になりやすいだけでなく、取り出した一つの側面を過度に重要視する傾向があります。これも一面性の一種だと言えます。何事にも、重大視される側面だけではなく、重大ではないと見ることができる側面もあるんです。この一面性は気づきにくいものです。重大だと思っていることを、視点を変えて「大したことではない」と見るのは難しいことです。

でも過度に重大視することが不幸に拍車をかけているのはたしかです。それを阻止する点で、非常に大切なのは「ユーモア」です。ユーモアとは何か、笑いとは何かについては、哲学的にもまだ解明されていません。でもぼくはユーモアも笑いも非常に大切なものだと思っています。

イギリスに行ったとき、驚いたのは、イギリス人がユーモアのセンスを非常に重視することでした。あるタブロイド紙には個人広告のページがあって、そこには自分の特徴と、それから自分が付き合いたい相手の希望を書く欄があります。そこに例外なく書かれているのは二つあって、一つは「タバコを吸わない」、もう一つは「ユーモアのセンスがある」ということでした。この二つは、自分のセールスポイントとしても書いているし、求める相手の条件としても挙げられています。

なぜユーモアのセンスがそれほど必要なのか。それが不思議でした。たしかに、ふつうの人も可笑しいことを言います。イギリスにいたとき家を借りていたんですけど、その家にはテレビもありました。そのテレビを見ていたら、テレビの裏から火花が散って、テレビが故障したんです。それで大家さんに電話して、「まるで花火みたいだった」と言ったら、「じゃあ悪いことばかりじゃなかったね」と言うんですよ。そんなときでも、とにかく可笑しいことを言おうとします。

イギリスにいたとき、ぼくが書いたエッセイをいくつか英語に訳して、それをイギリス人に読んでもらったんです。ぼくのエッセイだから、ふざけたエッセイで、イギリスの印象をふざけて書いたんですが、それを読んだ人は例外なく、ぼくに対する扱いがガラッと変わりました。

ぼくのいたケンブリッジという土地では、アジア人でもとくに差別されることはなかったんですけど、そのユーモアエッセイを見せたら完全に扱いが変わって、「ぜひうちに飯を食いに来い」と何人もの人に言われました。近所の小さい本屋をやっているお兄さんにも見せたら、扱いが変わって、「お前は俺の家ではスターだ。お袋は、お前の書くものを読んで大笑いしている。次に読ませてくれるのを楽しみにしているんだ」と言ってくれました。大家さんも自分の家に招いてくれたし、あるカレッジの学長をしていた人も家に招待してくれたり、ぼくの家に遊びに来て、イギリスにはこんなユーモラスな詩があるといくつも教えてくれたりしました。ふざけたエッセイであっても、ふざけた見方ができるということが、イギリス人にどれだけ評価されるか、身をもって体験しました。

日本人はお笑い番組では笑いますが、それ以外の実生活では、ふざけたことを言うと「ふざけるな」と怒る人がいたり、人間的に信用されなくなることがあります。でも、イギリスでは逆に、笑うことができなかったり、笑いがわからなかったりすると軽蔑されることがあります。むしろ重大で深刻なときにこそ、可笑しい側面を見つけることが評価されるのです。

あるイギリス人の男に、「よく『007』などで、危機一髪のときに冗談を言ったりするけど、あなたはいざとなったときに冗談を言えるか」と聞いたら、ちょっと考えて、「やれると思う」と答えました。これはたぶん本当だと思います。危機的状況になってもユーモア精神を忘れないというか、そういうときこそユーモア精神が必要なんです。

ぼくがイギリスにいたときに、船で遭難して、二人きりで材木にしがみついて何日も漂流したあげく助かった事件がありました。その二人はインタビューの中で、お互いに冗談を言い合っていたと言っていました。結局、自分の置かれている不幸な状態を笑うことができたことが、二人の命を救ったんです。

危機的状況でのユーモアの例は多数あります。第二次大戦中、デパートのハロッズが爆撃を受けたとき、新聞に「ハロッズでは、みなさまのご要望にお応えして、出入り口を拡張しました」という広告を出したらしいんです。

知り合いのイギリス人が友達の家に泊まっていて寝ていたら、「あなた、悪いけど起きてくれない?」と言われて起こされたらしい。「どうして?」と聞くと、「いま、この家が燃えているみたいなの」と言ったらしいんですね。ぼくはそれを聞いて笑ったんですけど、「それを聞いたとき笑ったんですか」と聞いたら、「どっちも笑わなかった」と言うんです。「ユーモラスな発言だけど、笑わなかった」というんです。

不幸をやわらげるユーモア

これを聞いて初めて分かりました。ユーモアというのは、笑ったり笑わせたりすることが目的ではないらしいんですよ。あるイギリスの新聞が、第二次大戦中にナチスが英仏海峡を封鎖したとき、「ヨーロッパ大陸が孤立した」という見出しをつけたらしいんです。たぶんそれを読んだイギリス人で笑った人はいないと思います。深刻な危険が迫っているというニュースですから、イギリス国民にとっては笑い事ではない。それでもこの記事はユーモラスです。

このことからも分かりますけど、ユーモアのセンスというのは人を笑わす才能とか、何かを可笑しがる才能に尽きるものではないと思うんです。なぜユーモアのセンスが必要なのかを色んな人に聞くと、ユーモアのセンスは生きていく上で必要なんだと言うんです。不幸に襲われたときそれをやわらげるために必要なんだという。人間を打ちのめすような深刻な事態でも、ユーモアの精神があれば、それを乗り越えることができると言うんです。要するに、苦難や不幸に立ち向かう武器だと考えているんです。だから、看護師さんとか学校の教師とか医者とか、ストレスの多い職業には不可欠で、それがないと生きていけないと言うんです。これは意外でした。ユーモアというのは娯楽に結びついていると思っていましたが、生きるための武器だというんですから。

要するに、ユーモアのセンスは、もちろん笑いと密接に結びついていますが、実際にだれ一人笑わなくてもいい、とにかく何か一つのことに心が占領されてしまって打ちひしがれてしまうのを防ぐ能力だと思うんです。言ってみれば、重要視しすぎるのを矯正する能力のことなのではないかと思いました。だから、とくに悲惨なことが起こっているときに、ジョークを言おうとするんです。

そもそも人はなぜ笑うんでしょうか。たとえば、ノーベル賞をもらった人が講演しようとして、壇上でつまずいて転んだとします。それは可笑しい。その人が転んだからといってノーベル賞を受賞した業績が無価値になるわけではないし、その人が偉大であることに変わりはないんですが、その人にもつまずいて転ぶという面があるということが分かると、ホッとする。そうすることによって「偉大な人の前ではかしこまらないといけない」と思って心が硬直して深刻になった気持ちが急にゆるむから笑うんじゃないかと思います。

人間はちょっとしたことでも過度に重要視しやすいし、すぐに深刻になりやすい。ふだんから、完全な人間でなければいけないだとか、自分の欠点を人に見せてはいけないとか、文法的に正しい言葉遣いをしなければいけないとか、愚かなところを見せてはいけないとか、非常識なところや下品なところがあることを悟られてはいけないとか、他人を傷つけるようなことがあってはならないとか、そういう規則が無数にあって、それを守ることを重大視していいます。ちょっと油断するとそういう規則を破りそうになりますからね。厳重に自分を監視する必要があるんです。

そういう重大視しているこだわりから突然解放されたときに笑いが起こります。ちょうどガス抜きのようなものです。こだわりは無数にあるので、笑いの種類も無数にあります。

たとえば、締め切りが迫ったとき、編集者から「原稿はどうなっていますか」と電話があり、ぼくが「はい、順調に時間はたっています」と答えたとき、編集者は笑いました。なぜでしょうか。「順調に時間がたっています」という答えは、日本語としてもヘンですし、まともな答えになっていません。一口で言うと、非常に愚かな答えです。ぼくたちは「バカなところを見せてはいけない」とふだんから思っているのに、あえてその規則を破っています。ふだん破ってはいけないと戒めていた規則を真正面から破っていて、しかも大きい実害がないのを見て、それほど重大視しなくてもいいんだ、ということに気づいてホッとしたとき笑うんだろうと思います。

笑いの意味

お笑い芸人が文法的間違いをしたり、欠点や無知を平気でさらしているのを見て、ぼくたちが笑うのも同じ理由だと思います。この人は無知をさらしても重大な実害をこうむるわけでもない。重大なことだと考えていたけど、さほど重要に考えることでもなかったのかと思ってホッとする。そのときに起きるのが笑いではないかと思うんですね。

つまり、笑いとかユーモアというものは、重要視しすぎて深刻になった気持ちを解放する作用をもっているように思えます。テレビのコントで、葬式でお経をあげているお坊さんの頭にハエがとまって、何度追い払ってもハエが逃げず、結局何匹もハエがとまってしまうといったコントを見て笑うのは、葬式のような厳かな死の儀式で心が硬直している状態から解放してくれるからではないかと思います。

コントのテーマになるのは、葬式、病院、受験で落ちた、リストラされた、フラれたなど、われわれが深刻になるようなものばかりです。つまり、われわれがふだん怖れているもの、死、病気、不合格、失職、失恋などです。そういうものにこそユーモアが必要なんです。なぜかというと、それらについてはわれわれはすぐに深刻になってしまう、過度に重要視してしまうからです。そういう打ちひしがれるような状況でこそ、それほど重要なことではないという側面に気づく必要があるからです。

もちろん、葬式のコントで笑っても、死の恐怖や、人が死んだ悲しみをそれで克服できるわけでもありません。でも少なくとも笑える側面もあるということ、怖れたり悲しんだりする以外にも、ものを見る角度があるということに、気づかせてくれます。そのためには、わずかな手がかりでもかまわないし、揚げ足取りでもいい、死から連想される部分の中に可笑しい部分を見つけると、深刻になる気持ちがふっとやわらぐんだと思うんです。死は過度に重要視されやすいものですけど、それをやわらげてくれるところにこのコントの笑いの効用があると思います。

われわれは不幸を避けようと努力しますが、どれほど力を尽くしても不幸は避けられません。どんな人でも老いるし、病気になるし、最後は死にます。全力を尽くしてどうやっても避けられない不幸な出来事に襲われたら、じっと耐えるしかないんでしょうか。そんなことはありません。まだ笑うことが残っています。

笑うということは、不幸な事態から重要性をはぎ取ることです。不幸な事態そのものを消してしまうことはできませんが、それを重視しなければ受けるダメージは少なくなります。ユーモアのセンスというのは、深刻になったときに、「そんなに深刻じゃない」と思う能力のことだと思います。ちょうど、ラジオのどの局を回しても気に入らない音楽しかやっていなかったときに、ボリュームを下げるのと似ています。ものごとの重要性をはぎ取るところにユーモアや笑いの本質があると思うんです。

一番重大視しやすいのは、自分を見舞う不幸です。それに立ち向かう最後の手段は、そういう災難に対して、「災難よ、お前のことなんか重要じゃないよ」という態度をとることです。重大視して深刻な態度をとればとるほど打撃が大きいから、「お前のことなんてたいしたことはない」と思うことなんです。ちょうど勝てない相手に、「あかんべー」をするのと似ています。それは「お前のことなんか、ちっとも重要じゃないよ」という宣言です。

これが笑いやユーモアだと思います。重要に思っていることでも、大したことはないという視点を見つけられる能力がユーモアのセンスだろうと思います。そして、その視点を見つけたときに笑いが起こるのだと思います。これこそ、人間が不幸な事態に立ち向かう最後の武器になるんです。

笑いは人間に必要です。それは、人間は、不幸なことや欠点や自分に課す規範などを重要視しすぎるからです。他の動物と違って、人間は過度に重要視して深刻になってしまうからこそ、そこから解放される必要があるんです。

イギリス的ユーモア

とくに深刻になりやすいのは、自分自身の不幸や欠点です。自分のことに関しては深刻になりやすくて、他人の不幸は笑えても、自分の不幸は笑えない。

イギリス人は、自分を笑う能力を大事にしていて、アメリカ人もそれを認めていました。

「イギリスのユーモアの特徴は何か」とアメリカ人に聞くと、アメリカ人にもユーモアのセンスはあるけど、イギリス人が自分を笑うところにはかなわないと答えました。

イギリスのテレビで、有名人を無茶苦茶こき下ろして笑う番組がありました。その番組をアメリカに輸出しようとしたら、いくら何でもこき下ろし方がひどすぎるという理由で実現しなかったという話も聞きました。それぐらいひどいけなし方をする番組です。その番組でよくやり玉にあがっていた労働党の政治家がいます。その政治家が、どこかの地方都市をレポートした文章を読んで、それが可笑しかったので注目していたんです。たとえば「市民たちの行進の様子は、イギリス人らしさを遺憾なく発揮して、足並みがバラバラだった」と書くような人なんです。それが可笑しいとイギリス人に言ったら、その政治家が書いたエッセイ集をプレゼントされました。

それを読んでいたら、こき下ろす番組のことを書いていて、「私もしょっちゅうその番組で取りあげられて、さんざんにこき下ろされるんだけど、私はその番組が大好きで、その番組がはじまる時間にはテレビの前に座って、自分のことがケナされたら、本当にその通りだと思って笑う」と書いていたんです。驚きました。いくら自分のことを笑えるといっても、自分をコケにした冗談ってなかなか笑えるものじゃありません。芸人だったらまだオイシイかもしれませんが、政治家ですからね。日本だったら名誉毀損で訴訟を起こすほどのことでも、上手に言われると、本人も笑うんです。

ピーター・バラカンという人と対談したときに、「イギリス人は自分のことをどんなにこき下ろされても怒らないんですか」と聞いたんです。自分を笑える点がイギリス人の特徴だと言われても、どこまで笑えるのかと思って聞いたんです。そしたら、「そりゃあ、限度がありますよ」と言うから、「じゃあ、どんなことを言われたら怒るんですか」と聞いたんです。するとしばらく考えてから、「やっぱりないかな」と答えました。

日本からイギリスに行った女の人たちは、イギリスの中高年の男はみんな感じがいいと言っていました。なぜそう思うのかと聞くと、イギリスの中高年の男は謙虚だと言うんです。日本の男は中高年になると、威張っている人が多い。たんに歳を取っただけなのに威張っている。だけどイギリス人は、カレッジの学長をやっていた人でも謙虚なんですよ。少なくとも謙虚に見せるのがうまい。

でも実際、ユーモア精神があれば、中身がないのにただ威張っていたら、それが一番滑稽なはずなんです。自分はひとかどの人間だと真剣に思っていると、それこそユーモア精神に反します。ユーモア精神をもっていたら、自分を真っ先に笑わないといけない。自分の能力を鼻にかけていたら、自分はこんなことを鼻にかけているというところを笑いものにしないといけない。どこまでも笑いものにしないといけないんです。

自分をひとかどの人間だと思っているような人は、日本人から見ても感じが悪いものです。自分には何の価値もないと思っている人の方が感じがいい。実際、誠実に考えたら、どんな人だって価値なんてたいしてないんですよ。自分の価値がないということを素直に認めることは、ユーモア精神の基本的な条件です。ユーモアのセンスのない人間だけが威張るんです。イギリスのようにユーモアのセンスを重視する社会では、謙虚でいるしかないんだと思います。

これは文化の一部だと思います。イギリス人は気取った人がいたら、あいつは気取っているとか、いいところを見せたがっていると言って軽蔑します。そんな社会の中では、気取った服装もできないし、気取った態度も取れないし、もったいぶった態度は許されない。自分の欠点を認めることができるか、笑ってすませることができるか、それが人間をはかる尺度になっているように思えます。自分を重要視していることが知られたら、途端にバカにされる社会なんです。だから、自分の欠点を認める人間になるしかない。謙虚にならざるをえないんです。

ユーモア精神を身につける方法

ユーモアにしても笑いにしても、「何がどの程度重要か」ということに関係しています。哲学的に言うと、「何が重要か」「どんなものを重要視しなければいけないか」ということは、基本的には、個人がある程度自由に選ぶことができることです。地球は丸いということは人間が考えることに関係なく決まっています。でも、自分の人生の中で一番重要なのは何かについては、初めから決まっているわけじゃありません。たとえば、切手収集や昆虫採集が重要かどうかは個人が自由に決めることができます。物事の重要度は基本的に、自分が思う通りに変えることができるんです。

でも実際にそれを自由に選ぶことは非常に難しいし、さらに、自分が本当に重要なことだと思っていることを、それほど重要じゃないと考えることは非常に難しいことです。ただ、同じ不幸に見舞われても、深刻になる人と平気な人がいるのを見ると、ある程度は重要度を選ぶことができそうだと思えませんか？　生まれつきそれができる人はいませんが、ぼくは不断の意識的な訓練でそれができるようになると思います。

お笑い芸人の人も面白くなるためには長い訓練が必要です。素人が、とくに自分を笑うことは難しいので、少しずつ訓練していく必要があります。

最初は自分がさほど深刻に思っていない欠点や失敗を人に話してみます。そうすると、人はそういうことを聞くだけでも喜ぶし、上手に言えば笑います。「この人は自分の欠点や失敗を隠そうとしない人だというだけでも感じがいいのに、それを自ら進んで茶化している」と思って好感をもつんです。

それを少しずつ広げていって、自分が深刻になるかもしれないと思うことも、思い切って話してみます。深刻であればあるほど、他人は笑います。それに、話してみると、怖れていたより簡単に話せることが分かります。

それに味をしめたら、どんどん広げていく。そうすれば、かなりの程度まで笑えるようになると思います。人を笑わせるということよりも、自分の一番気にしている部分を人に話すようにするんです。不幸話だというだけでも笑えるし、自分の気にしていることを話すことがユーモア精神の訓練にとっては不可欠だからです。

自分が気にしていることって、自分で気がついていないことも多いんです。でも、自分の気になっていることとか、隠しておきたいと思っていることを話すようにしていると、自分でも次第にいろいろな欠点や不幸が見えてきます。長所は見えてきませんけどね。自分はこんな情けない人間だとか、自分はふだんカッコイイこと言ってるけど、地震になったら真っ先に逃げるとか、何でもいい。それを話すだけで、多くの人が深刻な問題だと思っていればいるほど、笑えます。そういうことを素直に認めることができるということで笑えるし、深刻にならないでもいいと他人も気づいて笑うんです。

深刻になるか笑うかは紙一重です。不幸なことしか話していなくても、「このあいだ寝返りをうって起きてみたら、骨が折れていました」と言うだけで笑えます。自分の身に降りかかった不幸や失敗を話すと、他の人も可笑しいし、自分でも可笑しいと思えるようになります。同じような不幸に遭っている人も、自分もさほど深刻になることでもないと気がつきます。だから、人に話をするときも、自分にはこういう欠点があるんですよとか、こういう不幸があってね、と話せば、笑ってもらえるし、自分でもそういうことを可笑しいと思えてくるんです。

価値観が揺らぐ経験

ぼくの場合、大学生のころの経験が大きかったと思います。大学へ入って色々なことに驚かされました。入学した頃、限度いっぱいまで留年する人がいて、そういう人は豪傑だと言われて一目おかれていました。きちんと四年で卒業しなくてはいけないと思っていたぼくには、平気でそれを無視している人がいると知って、それまでの価値観が根本から揺らぎました。

授業だってそうです。大学では授業が一番大切なものだと思っていたのですが、あまり授業がない。四月からはじまるはずの新学期は、五月の連休明けにやっと授業がはじまるし、夏休み、秋休み、冬休み、春休みがあって、最低でもその休みの前後一週間は休講になっていました。そういうことを経験して、授業は何よりも大切だと思っていた自分の考え方がくつがえされました。

試験のときはみんな勉強するのかと思っていたら、試験前日になると寮の廊下に麻雀台がズラッと並んで徹夜で麻雀をやったりする。トイレで麻雀をやっている学生もいました。トイレというところは用を足すところだとしか思っていたぼくにはこれも衝撃でした。

高校までは、風呂は毎日入らなければいけないと思っていましたが、一ヶ月も入らない人がいたりして、「こうでなければいけない」と思い込んでいた価値観や信念が、次々に壊されていって、「それほど重要に考える必要はないんだ」と思うようになりました。

ラテン語の授業では、先生がラテン語のテキストを朗々と読み上げるんです。そして

「はぁ〜、実にいい！」と言って次に進む。説明なんかしないから勉強にはならないんです。それでも、こんなヨーロッパの中世の詩に感動する人もいることに衝撃を受けました。それまで官僚になろうと思っていたぼくの価値観からすると、考えられないことです。それまでもっていた価値観が音を立てて崩れました。

それから、ある先生が発表した研究業績に誤りがあると指摘されたことがあったんです。学者にとっては研究が一番大事だから、さぞショックを受けただろうと思っていたら、その先生が授業で「こういう誤りを指摘されたんだ。その通りかもしれないけど、どっちでもいいじゃないか、なぁ」と言ったんです。これも衝撃でした。

挙げていくときりがないんですけど、自分がもっていた価値観を根本からゆさぶられる経験を通して、とても大切なことを学びました。それは、「どんなに一生懸命に打ち込んでいることでも、自分がやっていることは大したことではない、といつでも考えることができる」という姿勢です。それが一生の財産になっています。

大学に入るまでは、親や先生に「真剣にやれ」と言われてきたんですけど、どんなに真剣になっていても、「自分のやっていることはそんなに大したことはない」といつでも考えることができなきゃいけないと思ったんです。そう思うと、すごくラクになるんですよ。実際、広い目で見れば、そんなにたいしたことをみんなやっているわけではないんですから。

仕事というものは、真剣にやらなければできません。そのときの自分にとっては重要です。でも大きい目で見ると、そんなに真剣になるほどのことでもないとも思うことはできるはずです。自分という人間だって、自分が生まれてこなかったからといって、だれが困るわけでもないし、自分はそんなに重要な存在じゃないと思えます。だれでも自分は重要だと思っていますが、それでもどこかで自分なんてそんなに重要なものじゃないと考えることができないと、追いつめられた気持ちになってしまいます。それがユーモアの精神に通じると思うんですよ。

何かをすごく重要だと思ったり、深刻な気持ちになったりすることを、いつでもやめることができることは、大切な能力だと思うんです。ぼくはそれ以来、どんなに一生懸命になっていても、「こんなことはたいしたことじゃない」といつでも考えることができるようになろうと努力してきました。何をしていても、どこかで「重要ではない」という側面を忘れないことが必要だと思ってきました。

欠点を認めるとラクになる

大学を出たあともいろいろな経験をしました。ぼくには、大学に就職したころ、理想があって、どんな質問をされても快刀乱麻の解決を示して、どこからもつっこむ余地がない完璧な教師になろうと思っていました。信じられないでしょうが、初めはそうだったんです。だからそのころは、カミソリみたいな怖い人だと思われていたんですよ。

それがなぜバカにされるようになったかというと、「カテゴリー」ということばを説明しようとして、「カテゴリーといっても君らは知らないだろうけど、日本語では『はんちゅう』っていうんだよ。『はんちゅう』といっても君らはわからないだろうから、どう書くかというと」と言って、黒板に「範」までは書けたんです。でも、「疇」が書けなかった。すごく恥ずかしくて、絶対ボロは出してはいけないと思っていたのに、哲学の専門用語が書けないわけですからね。しかも「君らは知らないだろう」と言っておいて書けないんだから、ものすごく恥ずかしい。でもそのとき、ひらがなで「ちゅう」と書いて、「こう書くんだよ」と言ったとき、恥ずかしいと同時に自分でも可笑しかったんです。その上、素直に無知を認めると気がラクになることも発見しました。

ボロを出すまいと思っているあいだは苦しい毎日でした。夏休みになると体調を崩したりしたほどだったんです。それが、欠点は隠すことはない、自分が無知なところは思い切りさらけ出せばいいんだと思ったら、とたんにラクになりました。その方が学生も安心してぼくにつっこみを入れるようになるし、明らかに学生のためにもなっている。そういう経験を重ねてだんだん変わってきました。漢字が書けなかったということが最初のきっかけなんですけど、そこから、自分が気取っていた面とか隠そうとしていた面も出すようにしたら、もっとラクになってきたんです。これも一種の訓練だと思います。

少し前、手術を受けたことがあります。麻酔から覚めてみると、いろいろな管が身体から八本も出ていました。タコみたいです。看護婦さんがそばにいて、「あなたの本のファンなんです」と言ったので、「ぼくはこの病院で手術をしていただいて、ありがたいと思ってます。先生も看護婦さんも信頼できる方たちなので、何の不安もありませんでした」と言うと、看護婦さんが「そうなんですよ。この病院では、手術室で死者は出さないようにしているんです」と言ったんです。そこでぼくは「じゃあ、手術中に死にそうになったら手術室の外に出すんですか」と言いました。ぼくの本を読んでいるぐらいだから、冗談は分かってもらえるだろうと思ったんです。その看護婦さんは笑いませんでしたけどね。

でも笑ってもらえなくてもかまわないんです。自分の置かれている状況を重視しすぎないようにする、深刻になったら軌道修正する習慣をつけることが重要なんです。問題を起こした、欠点があった、失敗したと思ったら、それをできるだけ面白く人に言うようにしていくと、自分も笑えるようになるし、それを面白がる視点を見つけることもできるようになっていきます。

最高レベルのユーモア

ユーモアの訓練というのは、実質的には、深刻な気持ちになったと思ったら、別の角度からものを見る習慣をつけることです。できれば可笑しいと思えるような角度を探す練習をするんです。とくに、深刻になりやすい事柄について徐々に練習する。一番深刻になりやすいのは自分の欠点や不幸です。自分の欠点や不幸に気がついたら、可笑しいと思える視点を探すんです。こういう視点の転換はふだんから練習していないと身につきません。

ぼく自身、かなり意識的にそういう努力をしてきましたし、歳をとってからもなお努力しているのですけど、まだまだ不十分だと思っています。道は遠いんです。

不幸といっても、ユーモアが通じるのは軽い不幸だけです。大震災のような悲惨な出来事には無力です。いくら視点を変えようとしても、とても笑うところまではいきません。せいぜい、気持ちをほんの少し軽くする程度です。

でも、それであきらめてはいけないとぼくは思っています。ぼくが目標にしている境地というか、理想があります。ぼくが目標にしているのはドイツにいる重度の身体障害者の人です。この人は人々から尊敬されているらしいんです。その人が尊敬されているのは、ふつうなら死を考えてもおかしくないほど重い障害を負っているにもかかわらず、いつも楽しそうに、幸せそうにしていて、それが多くの人びとに希望を与えているからなんです。

これと似ていると思うんですが、荘子が奥さんに死なれたとき、鐘太鼓を叩いて踊ったという話があります。これはもちろん、憎い奥さんが死んでくれて喜んでいるんじゃありません。最愛の奥さんに死なれたら、打ちひしがれてしまってもおかしくないんですけど、それに反したような態度をあえてとることができるということを示した例だと思うんです。

これらの例は、何を重要視するかを決める自由を最高度に発揮した例だとぼくは思うんです。ふつうに考えれば、障害を負ったり家族に死なれたりするのは非常につらいものです。それほど重要なことはほとんどありません。だれもが深刻になって当然です。でも、それをそんなに重大視しないでいることもできるということを示す例なんです。

この人たちが、耐えられないほど大きい不幸をどうやって重大視しないですむようになったのか、分かりません。でもそこまで人間の自由を発揮する可能性があるんです。そういう人に近づくのが、ぼくの理想です。

人間が自由であるということは色々な意味がありますが、「何が重要なことであるかということを自分で決めることができる」、あるいは、「重要だと思うこともできるし、違う角度から見ることもできる」ということが人間の自由にとって一番大切なことではないかとぼくは思っています。笑いもユーモアも、人間がものの見方を変えることができるという自由の上に成り立っているんです。

人間には色々な逆境や不幸がふりかかってきますが、それに翻弄されて打ちひしがれることに抵抗することができます。そのための武器が笑いでありユーモアです。その武器はたぶん、どこまでも磨くことができるんだと思います。不幸を重要視しない自由、重要視するのとは別の角度からものを見る自由を、人間はドイツの身体障害者や荘子の境地にまで発揮することができるんです。

その自由を最高度に発揮したいと思って努力していますが、実際にはうまくいきません。妻にちょっと睨まれるだけですくんでしまいますから。

一面的になる、重大視しすぎる、これが不幸を必要以上に大きくしてしまいます。それは考え方の問題です。どういう考え方を選ぶかは、人間の自由です。その自由を発揮することは非常に難しいんですけど、それを発揮した人もいるということに、希望をもつことができます。

色々な角度から見る、違う側面を見る。これは人間に与えられた特権です。この能力があまりにも軽視されすぎてきたように思います。もっと意識的にこの能力を発揮するようになると違う世界が見えてくると思います。

本書は書き下ろしです。
ご安心ください。

土屋　賢二（つちや・けんじ）

1944年岡山県生まれ。名門、玉野市立宇野小学校をわずか6年で卒業し、トントン拍子に中学、高校、大学を経て恵まれない結婚生活に至る。そのかたわらお茶の水女子大学の哲学教師として、35年間にわたって哲学をはじめ、言葉遣い、生活態度、服装にいたるまで、学生に指導された。現在は定年退職し、お茶の水女子大学名誉教授として、不名誉な言動をつつしまされる不自由な毎日を強いられている。そのかたわら、50歳で初めてユーモアエッセイ集『われ笑う、ゆえにわれあり』（文春文庫）を世に問い、さらに、『われ大いに笑う、ゆえにわれ笑う』（同）、『哲学者かく笑えり』『ツチヤ学部長の弁明』（講談社文庫）など、多数のユーモアエッセイを世に問い続けたが、世に問うたびに在庫が大きく増えるという答えが返ってきただけだった。一縷の希望を託して哲学書も数冊世に問うたが、同様の結果に終わった。読者の見る目が成熟していないのか、それとも著書の内容が成熟していないのか、鋭意調査中である。

幸《こう》・不幸《ふこう》の分《わ》かれ道《みち》　考《かん》え違《ちが》いとユーモア

2011年8月10日　第1刷発行

著者……………土屋賢二
発行者…………川畑慈範
発行所…………東京書籍株式会社
〒114-8524　東京都北区堀船2-17-1
電話 03-5390-7531（営業）、03-5390-7515（編集）
印刷・製本……図書印刷株式会社

ISBN 978-4-487-80441-2 C0095